OMBRE NEL BOSCO

First edition. October 13, 2024.

ISBN: 979-8224009817

Written by Augusto Casella.

Sommario

ANIMA PUBLISHING

Ombre nel Bosco

Augusto Casella

Prefazione

"Ombre nel Bosco" nasce dal desiderio di esplorare i confini tra realtà e soprannaturale, immergendo il lettore in un viaggio avvincente attraverso i misteri nascosti nelle profondità di una foresta antica e insondabile. Ambientato in un piccolo villaggio circondato da un bosco fitto e avvolto da leggende dimenticate, il romanzo segue le vicende di Luca, un giovane fotografo naturalista in cerca di ispirazione e tranquillità.

Ma la quiete apparente del villaggio cela segreti oscuri. Sparizioni inspiegabili, antichi simboli incisi sugli alberi e sussurri nel vento sono solo l'inizio di un incubo che prende forma tra le ombre degli alberi secolari. Insieme a Elena, una ragazza del luogo con una profonda conoscenza del folklore locale, Luca si troverà coinvolto in una spirale di eventi che metteranno alla prova il suo coraggio e la sua percezione della realtà.

Questo romanzo intreccia elementi di suspense, mistero e terrore, conducendo il lettore attraverso una trama ricca di colpi di scena e rivelazioni sorprendenti. "Ombre nel Bosco" non è solo una storia di paura, ma anche una riflessione sulla natura umana, sulle paure ancestrali e sul potere dell'ignoto che ancora oggi affascina e terrorizza.

Invito il lettore a lasciarsi avvolgere dall'atmosfera inquietante del bosco, a seguire i protagonisti nei loro tentativi di svelare la verità e a confrontarsi con le proprie paure nascoste. Preparati a immergerti in un mondo dove le ombre prendono vita e nulla è davvero come sembra.

Buona lettura.

Capitolo 1: L'Arrivo

Il sole stava calando all'orizzonte quando Luca girò l'ultima curva della strada sterrata. Il suo vecchio fuoristrada scricchiolava ad ogni buca, ma lui non poteva fare a meno di sorridere. Dopo mesi passati tra il traffico cittadino e l'aria inquinata, finalmente respirava a pieni polmoni il profumo del bosco. Gli alberi maestosi si allungavano verso il cielo, le loro fronde danzavano al ritmo di una brezza leggera. Il villaggio di Montenuovo apparve davanti a lui, una manciata di case in pietra adagiate tra le colline verdi.

"Benvenuto alla fine del mondo," mormorò Luca tra sé, parcheggiando davanti a quella che sarebbe stata la sua nuova casa. Era una costruzione antica, con muri di sasso e un tetto in ardesia scura. Le persiane erano scolorite dal tempo, ma l'intero edificio emanava un fascino rustico irresistibile. Prese le chiavi dal cruscotto e scese dall'auto, stiracchiandosi per sciogliere la tensione del viaggio.

Mentre apriva il bagagliaio per prendere le sue cose, un vecchio si avvicinò lentamente, appoggiandosi a un bastone nodoso. Indossava un cappello di feltro e aveva occhi penetranti che sembravano scrutare l'anima.

"Tu devi essere il nuovo arrivato," disse l'uomo con una voce roca.

"Sì, mi chiamo Luca," rispose, allungando la mano in segno di saluto. "Sono qui per un progetto fotografico sul bosco."

Il vecchio ignorò la mano tesa e si limitò a fissarlo. "Il bosco non è un posto per forestieri," commentò enigmaticamente. "Nasconde più di quanto mostra."

Luca rimase interdetto per un attimo. "Beh, proprio per questo sono qui. Voglio catturare la sua essenza."

Il vecchio scosse la testa lentamente. "Stai attento a ciò che cerchi. Potresti non gradire ciò che trovi." E senza aggiungere altro, si allontanò, lasciando Luca con una strana sensazione addosso.

"Simpatico," pensò Luca, cercando di scrollarsi di dosso l'inquietudine. Prese le valigie e si diresse verso la porta. La chiave girò nella serratura con un clic soddisfacente, e la porta si aprì con un leggero cigolio. L'interno era accogliente: un soggiorno con un camino in pietra, una cucina modesta ma funzionale, e una scala che portava al piano superiore. Posò le valigie e fece un rapido giro della casa. Le pareti erano adornate da vecchie fotografie in bianco e nero, che ritraevano scene di vita del villaggio di decenni prima.

Accarezzò una delle cornici, osservando il volto sorridente di una giovane donna con un cesto di fiori. "Chissà chi sei," mormorò. Un rumore improvviso lo fece sobbalzare. Sembrava provenire dal piano di sopra. Rimase in ascolto, il cuore che batteva più forte. Dopo alcuni istanti di silenzio, scrollò le spalle. "Deve essere il legno che scricchiola," si disse, cercando di convincersi.

Decise di sistemare le sue cose e prepararsi qualcosa da mangiare. Mentre cucinava una semplice pasta, guardò fuori dalla finestra. Il bosco era avvolto in una leggera nebbia che gli conferiva un aspetto quasi etereo. Le ombre degli alberi si allungavano, creando forme bizzarre. C'era qualcosa di ipnotico in quella vista.

Dopo cena, prese la macchina fotografica e decise di fare una breve passeggiata nei dintorni. L'aria era fresca, con un leggero profumo di pini e terra umida. Camminò lungo un sentiero che si inoltrava nel bosco, scattando foto delle piante e dei giochi di luce tra i rami. Il silenzio era rotto solo dal cinguettio lontano degli uccelli e dal fruscìo delle foglie.

Mentre avanzava, ebbe la strana sensazione di essere osservato. Si fermò e si guardò intorno, ma non vide nessuno. "Forse è solo suggestione," pensò. Continuò a camminare, ma quella sensazione non lo abbandonava. Ad un tratto, notò qualcosa di insolito su un albero: uno strano simbolo inciso nella corteccia. Si avvicinò per osservarlo meglio. Era un segno che non aveva mai visto prima, una sorta di spirale intrecciata con linee e punti.

Scattò una foto del simbolo, incuriosito. "Chissà cosa significa," si chiese ad alta voce. Proprio in quel momento, un rumore di rami spezzati alle sue spalle lo fece voltare di scatto. Scrutò tra gli alberi, ma non c'era nulla. Il cuore gli batteva forte nel petto.

"Devo smetterla di guardare troppi film horror," si disse, cercando di stemperare la tensione con una risata nervosa. Decise che era ora di tornare indietro. Mentre ripercorreva il sentiero verso casa, il crepuscolo lasciava spazio all'oscurità. Le ombre si facevano più profonde, e il bosco sembrava avvolgerlo in un abbraccio silenzioso.

Una volta arrivato alla sua porta, tirò un sospiro di sollievo. Entrò in casa e chiuse a chiave, sentendosi improvvisamente al sicuro. Si preparò un tè caldo e si sedette davanti al camino, sfogliando le foto scattate. Quella del simbolo sull'albero attirava la sua attenzione. Decise che l'indomani avrebbe chiesto informazioni agli abitanti del villaggio.

Il giorno seguente, il sole splendeva alto nel cielo. Luca si recò al piccolo emporio al centro del villaggio per fare alcune provviste. Dietro al bancone c'era una donna sulla quarantina, con capelli castani raccolti in una treccia e occhi verdi vivaci.

"Buongiorno, posso aiutarti?" chiese lei con un sorriso cordiale.

"Certo, grazie. Mi servirebbero alcune cose per la dispensa," rispose Luca, elencando gli articoli di cui aveva bisogno. Mentre la donna li raccoglieva, decise di cogliere l'occasione. "A proposito, ieri ho notato uno strano simbolo inciso su un albero nel bosco. Sa per caso cosa potrebbe significare?"

La donna si fermò per un attimo, il sorriso che si affievoliva leggermente. "Simbolo? Che tipo di simbolo?"

Luca prese il telefono e mostrò la foto. "Eccolo qui."

Gli occhi della donna si velarono di una strana preoccupazione. "Non l'ho mai visto," mentì visibilmente. "Forse qualche ragazzino che si diverte a fare graffiti sugli alberi."

"Potrebbe essere," rispose Luca, notando però la sua reazione. "Comunque, è un posto davvero affascinante questo villaggio. Ci sono molte storie sul bosco?"

La donna lo guardò per un attimo, come se valutasse se proseguire la conversazione. "Sono solo vecchie leggende. Niente che valga la pena di raccontare."

In quel momento, la porta dell'emporio si aprì, e una ragazza entrò con passo deciso. Aveva lunghi capelli neri e occhi scuri che brillavano di curiosità. "Ciao Marta," salutò la ragazza rivolgendosi alla donna dietro al bancone. Poi notò Luca. "Un volto nuovo. Sei tu il fotografo di cui tutti parlano?"

"Già si parla di me?" scherzò Luca. "Sì, sono Luca. Appena arrivato in città."

"Io sono Elena. Benvenuto a Montenuovo," disse allungando la mano. Questa volta, il gesto venne ricambiato calorosamente.

"Grazie. Stavo giusto chiedendo a Marta se conosceva qualcosa sulle leggende locali."

Elena sorrise enigmaticamente. "Oh, ce ne sono molte. Se ti interessa, potremmo fare una passeggiata e te ne racconto qualcuna."

"Mi piacerebbe molto," rispose Luca, sentendosi sollevato dall'entusiasmo della ragazza.

Dopo aver salutato Marta, i due uscirono dall'emporio e iniziarono a camminare lungo la strada principale del villaggio. "Allora, cosa ti porta qui?" chiese Elena.

"Sono qui per un progetto fotografico sul bosco e la sua fauna. Ma più esploro il posto, più mi rendo conto che c'è qualcosa di speciale qui."

Elena annuì. "Il bosco ha una sua anima. Alcuni dicono che sia vivo, che respiri con noi."

"Sembra una bella metafora," commentò Luca.

"Non è una metafora," rispose lei con serietà. "Ci sono storie su questo bosco che risalgono a secoli fa. Alcune belle, altre... meno."

"Tipo?" incalzò Luca, incuriosito.

"Beh, ad esempio si dice che nelle notti di luna piena si possano sentire i sussurri degli spiriti degli antichi abitanti. E che alcune case nel bosco siano state abbandonate a causa di eventi inspiegabili."

"Interessante. Ieri ho trovato questo simbolo su un albero," disse mostrando di nuovo la foto. "Sai cosa significa?"

Elena guardò l'immagine e il suo volto si fece serio. "Non dovresti avvicinarti a quei simboli."

"Perché? C'è qualcosa che dovrei sapere?"

Lei sospirò. "Quelli sono segni di avvertimento. Marcano territori dove sono avvenute cose brutte. Gli anziani del villaggio credono che segnino i luoghi dove risiede un antico male."

Luca rimase per un attimo senza parole. "Un antico male? Sembra una storia dell'orrore."

"Lo so, può sembrare strano. Ma qui la gente ci crede davvero. E a volte, le cose che non possiamo spiegare hanno radici più profonde di quanto immaginiamo."

Mentre camminavano, Luca notò che molte case avevano le persiane chiuse e l'aria di essere disabitate. "Perché ci sono così tante case vuote?"

"Molte persone hanno lasciato il villaggio negli ultimi anni. Alcuni per cercare fortuna altrove, altri... beh, dopo alcune sparizioni misteriose, hanno preferito andarsene."

"Sparizioni?"

Elena annuì. "Ci sono state persone che sono entrate nel bosco e non ne sono più uscite. La polizia ha indagato, ma non ha mai trovato nulla."

Luca sentì un brivido lungo la schiena. "E tu ci credi a queste storie?"

"Credo che ci siano cose che non possiamo spiegare. Ma non per questo dobbiamo averne paura. Anzi, penso che sia importante capire cosa sta succedendo."

Si fermarono davanti a un vecchio ponte di legno che attraversava un ruscello. L'acqua scorreva limpida, riflettendo i raggi del sole. "Questo è uno dei miei posti preferiti," disse Elena. "Qui mi sento in pace."

"È davvero bello," concordò Luca, scattando alcune foto. "Grazie per avermi accompagnato. Mi piace conoscere queste storie. Mi aiutano a comprendere meglio il luogo."

"Se vuoi, posso mostrarti altri posti interessanti. Ma dovrai promettermi di stare attento nel bosco."

"Sarà fatto," rispose con un sorriso.

Dopo essersi salutati, Luca tornò a casa con la mente piena di domande. Decise di fare alcune ricerche sulle leggende locali. Accese il computer e iniziò a cercare informazioni. Trovò vecchi articoli di giornale che parlavano di sparizioni e di avvistamenti misteriosi. Alcuni menzionavano un "Uomo dell'Ombra", una figura che appariva nelle notti senza luna.

Mentre leggeva, sentì un rumore provenire dal piano di sopra. Si alzò lentamente, cercando di capire di cosa si trattasse. "C'è qualcuno?" chiese ad alta voce, sentendosi un po' sciocco. Non ricevendo risposta, decise di salire le scale.

Il corridoio era illuminato solo dalla luce fioca che filtrava dalle finestre. Una porta alla fine del corridoio era socchiusa. "Strano, pensavo di aver chiuso tutte le porte," pensò. Si avvicinò e la spinse lentamente. La stanza era vuota, ma c'era un freddo intenso. Un soffio d'aria gli sfiorò il viso, facendolo rabbrividire.

Notò che sul pavimento c'era un oggetto. Si chinò per raccoglierlo: era una vecchia chiave arrugginita. "Da dove salti fuori tu?" mormorò. Decise di portarla con sé, pensando che potesse appartenere a qualche cassetto o armadio nascosto.

Tornato al piano di sotto, si sedette di nuovo al computer. Ma lo schermo era nero. "Ma come? L'ho lasciato acceso." Provò a riavviarlo, ma non dava segni di vita. "Fantastico, proprio quello che ci voleva."

Decise che era il momento di andare a dormire. La giornata era stata lunga e piena di emozioni. Si infilò sotto le coperte, ma il sonno tardava ad arrivare. I pensieri sulle storie del bosco e sulle stranezze della casa lo tenevano sveglio.

All'improvviso, un sussurro lieve riempì la stanza. "Luca..." Sembrava provenire da fuori. Si alzò di scatto, il cuore in gola. Andò alla finestra e guardò fuori. Il bosco era avvolto nell'oscurità, ma non c'era nessuno. "Devo essere davvero stanco," si disse, cercando di calmarsi.

Tornò a letto e finalmente riuscì ad addormentarsi, ma i sogni furono agitati. Sognò di camminare nel bosco, inseguito da un'ombra senza volto. Gli alberi sembravano stringersi intorno a lui, e il simbolo che aveva fotografato brillava di una luce sinistra.

Si svegliò sudato, con il suono del proprio respiro affannato. Guardò l'orologio: erano le tre del mattino. "Che incubo," mormorò, asciugandosi la fronte. Decise di scendere in cucina per bere un bicchiere d'acqua.

Mentre scendeva le scale, notò una luce fioca provenire dal soggiorno. "Ma ho spento tutte le luci," pensò. Avanzò lentamente, cercando di fare meno rumore possibile. La luce proveniva dal camino, dove ardeva un piccolo fuoco. Accanto al camino, seduta su una sedia, c'era una figura.

"Luca, finalmente sei sceso," disse una voce familiare. Era il vecchio che aveva incontrato al suo arrivo.

"Come sei entrato? E cosa ci fai qui?" chiese Luca, tra lo stupito e l'arrabbiato.

"Le porte in questo villaggio non sono mai davvero chiuse," rispose enigmaticamente. "Sono venuto a darti un avvertimento."

"Non puoi entrare in casa mia senza permesso. Se ne vada subito o chiamo la polizia."

Il vecchio si alzò lentamente. "La polizia non può aiutarti. Ci sono forze in questo luogo che vanno oltre la comprensione umana. Stai lontano dal bosco. Non cercare risposte a domande che non dovresti fare."

"Senta, non so di cosa sta parlando, ma le assicuro che me ne andrò domattina a denunciare questo intrusione."

Il vecchio lo fissò con occhi profondi. "Spero che tu faccia la scelta giusta." E senza aggiungere altro, si diresse verso la porta, sparendo nell'oscurità della notte.

Luca rimase immobile per alcuni istanti, incapace di elaborare quanto accaduto. Decise di controllare che la porta fosse ben chiusa e tornò a letto, ma il sonno era ormai un'illusione.

Il mattino seguente, dopo una notte insonne, decise di andare a trovare Elena per raccontarle l'accaduto. Si recò alla sua casa, una graziosa abitazione con un giardino fiorito. Bussò alla porta, e lei gli aprì con un sorriso preoccupato.

"Luca, stai bene? Hai un aspetto terribile."

"Possiamo parlare? Ci sono cose strane che stanno succedendo."

"Certo, entra pure."

Si sedettero in cucina, e Luca le raccontò tutto: il vecchio nella sua casa, i rumori, gli incubi. Elena ascoltò attentamente, il volto sempre più serio.

"Quello che ti è successo non è normale. Il vecchio di cui parli potrebbe essere Antonio, un anziano del villaggio noto per le sue stranezze. Ma entrare in casa tua così... è inquietante."

"Esatto. Non so cosa pensare. Forse dovrei andarmene."

"No, non devi farti intimidire. Credo che ci sia qualcosa che vogliono nasconderti. Forse dovremmo cercare di capire di più su questi simboli e sulle leggende."

Luca annuì. "Hai ragione. Non posso scappare alla prima difficoltà. Ma ho bisogno del tuo aiuto."

"Sono con te. Iniziamo a indagare insieme."

E così, con un nuovo senso di determinazione, Luca ed Elena decisero di unire le forze per svelare i misteri che avvolgevano Montenuovo e il suo bosco.

Capitolo 2: Incontri Misteriosi

Il sole filtrava attraverso le tende sottili della cucina di Elena, disegnando motivi luminosi sul tavolo di legno. Luca sorseggiava lentamente una tazza di caffè fumante, cercando di scacciare la stanchezza dagli occhi. Elena gli porse un piatto con dei biscotti fatti in casa.

"Prendi, ti aiuteranno a rimetterti in sesto," disse con un sorriso incoraggiante.

"Grazie," rispose lui, prendendone uno. Il profumo di cannella e zucchero gli ricordò momenti sereni della sua infanzia. "Sai, non mi aspettavo che il mio soggiorno qui sarebbe stato così... movimentato."

Elena lo osservò attentamente. "Montenuovo è un luogo speciale. Può essere accogliente, ma anche misterioso. Dipende da come ci entri in contatto."

Luca annuì. "Quindi, da dove iniziamo le nostre indagini?"

Lei si alzò, andando verso una libreria carica di volumi polverosi. "Ho qualcosa che potrebbe interessarti." Tirò fuori un vecchio libro dalla copertina in cuoio consumato. "Questo è il diario di mio nonno. Era un appassionato di storia locale e ha raccolto molte storie e leggende sul bosco e sul villaggio."

Luca prese il libro con reverenza. "Posso dare un'occhiata?"

"Certo. Magari troviamo qualche indizio sui simboli che hai visto."

Sfogliando le pagine ingiallite, Luca notò schizzi di simboli simili a quello che aveva fotografato. Accanto, c'erano annotazioni dettagliate.

"Guarda qui," indicò. "Questo simbolo rappresenta un antico sigillo usato per proteggere determinati luoghi."

Elena si avvicinò per leggere. "Secondo mio nonno, questi sigilli venivano posti per tenere lontane entità malevole. Ma col tempo, il loro significato è stato dimenticato."

"Quindi potrebbe essere che qualcuno stia cercando di riattivare questi sigilli? O forse di romperli?"

Elena lo guardò con occhi preoccupati. "Non lo so, ma se c'è qualcuno che gioca con forze che non comprende, potrebbe essere pericoloso."

In quel momento, un bussare deciso alla porta interruppe la conversazione. Elena andò ad aprire e si trovò di fronte il Detective Rossi. Era un uomo sulla cinquantina, con capelli brizzolati e un'espressione seria.

"Buongiorno, signorina. Mi scusi per l'interruzione. Sto cercando il signor Luca... ehm, non ricordo il cognome."

"Luca Bianchi," rispose lui, alzandosi dalla sedia. "Sono io. Cosa posso fare per lei?"

Il detective entrò nella stanza, scrutando entrambi con attenzione. "Vorrei farle alcune domande riguardo alla sua presenza qui nel villaggio."

Luca scambiò uno sguardo con Elena. "Certo, ma di cosa si tratta esattamente?"

"Sono qui per indagare su alcune sparizioni recenti. Mi hanno detto che lei è nuovo in città e che si aggira spesso nel bosco."

"È vero, sono un fotografo naturalista. Sono qui per un progetto sul bosco."

Il detective annuì lentamente. "Capisco. Ha notato qualcosa di insolito durante le sue escursioni?"

Luca esitò per un attimo, pensando a ciò che aveva vissuto. Decise di essere cauto. "Beh, il bosco è pieno di suoni e movimenti. Ma nulla che mi sia sembrato particolarmente strano."

Rossi lo fissò intensamente. "Mi faccia sapere se nota qualcosa. Anche il più piccolo dettaglio potrebbe essere utile."

"Certo, lo farò."

Il detective si voltò per andarsene, ma prima di uscire aggiunse: "E mi raccomando, stia lontano dalle zone più remote del bosco. Potrebbero essere pericolose."

Dopo che la porta si chiuse alle sue spalle, Elena sospirò. "Non mi piace. Sembra sospettare di te."

"Lo so. Ma non ho fatto nulla di male. Dobbiamo solo stare attenti."

Elena si sedette di nuovo accanto a lui. "Forse dovremmo parlare con qualcuno che conosce bene il bosco. C'è una persona che potrebbe aiutarci."

"Chi sarebbe?"

"Si chiama Marco. È un eremita che vive in una capanna nel cuore del bosco. La gente del villaggio lo evita, ma io l'ho conosciuto da piccola. È gentile e conosce ogni angolo di queste foreste."

"Pensavo che nessuno si avventurasse così in profondità nel bosco."

"Marco non è come gli altri. Ha scelto di vivere isolato, in armonia con la natura."

"Allora andiamo a trovarlo."

Elena sorrise. "Preparati per una lunga camminata."

Il sentiero si snodava tra alberi secolari, dove la luce del sole filtrava appena tra le foglie. Il canto degli uccelli e il fruscio delle foglie creavano una melodia rilassante. Luca camminava accanto a Elena, il suo zaino pieno di attrezzatura fotografica e il diario del nonno di lei.

"Dobbiamo ancora camminare molto?" chiese lui, asciugandosi il sudore dalla fronte.

"Non manca molto. Vedi quel vecchio rovere laggiù? La capanna di Marco è poco oltre."

Mentre si avvicinavano, notarono che il bosco sembrava cambiare. L'atmosfera diventava più densa, quasi palpabile. I suoni si affievolivano, come se la natura trattenesse il respiro.

"È strano," mormorò Luca. "Sembra... diverso qui."

Elena annuì. "Questo è il cuore del bosco. Alcuni lo chiamano il 'Cerchio Sacro.'"

"Perché?"

"Si dice che qui le energie siano più forti. Che il velo tra il nostro mondo e l'altro sia più sottile."

Luca avvertì un brivido lungo la schiena. "Eccola," disse Elena, indicando una piccola costruzione di legno nascosta tra gli alberi.

La capanna era semplice ma ben tenuta. Un filo di fumo usciva dal camino, segno che qualcuno era in casa. Si avvicinarono alla porta e Elena bussò leggermente.

"Marco? Sono Elena. Posso entrare?"

Dall'interno giunse una voce profonda. "Avanti, la porta è aperta."

Entrarono in una stanza calda e accogliente. Le pareti erano ricoperte di erbe essiccate, pelli di animali e strani oggetti che Luca non riconosceva. Al centro, un uomo alto e robusto stava mescolando qualcosa in un pentolone sopra il fuoco. Aveva una lunga barba grigia e occhi penetranti.

"Elena, piccola mia, quanto tempo!" esclamò Marco, abbracciandola affettuosamente.

"È bello rivederti, Marco. Ti presento Luca, un amico."

L'uomo si voltò verso Luca, scrutandolo attentamente. "Benvenuto nella mia umile dimora."

"Grazie per averci ricevuti," rispose Luca, sentendosi leggermente a disagio sotto quello sguardo intenso.

"Immagino che non siate venuti fin qui solo per una visita di cortesia," disse Marco con un sorriso saggio.

Elena annuì. "Abbiamo bisogno del tuo aiuto. Ci sono cose strane che stanno succedendo nel villaggio. Luca ha trovato questo simbolo nel bosco." Gli porse la foto che Luca aveva scattato.

Marco osservò l'immagine, il volto che si fece serio. "Questo è un simbolo antico. Non lo vedevo da anni."

"Ne conosci il significato?" chiese Luca.

"È un sigillo di protezione, usato dai nostri antenati per tenere lontane le forze oscure. Se è riapparso, significa che qualcuno sta giocando con poteri che non dovrebbe."

Elena lo guardò preoccupata. "Cosa possiamo fare?"

Marco sospirò. "Prima di tutto, dobbiamo capire chi sta dietro tutto questo. E poi, rafforzare le difese del bosco."

"Le difese del bosco?" ripeté Luca, confuso.

"Il bosco è vivo, ragazzo. Ha le sue energie, i suoi spiriti. Ma può essere vulnerabile se qualcuno ne infrange l'equilibrio."

Luca pensò agli strani eventi delle ultime notti. "C'è un uomo nel villaggio, un vecchio di nome Antonio. Sembra sapere più di quanto dica."

Marco annuì lentamente. "Antonio... sì, lo conosco. Un tempo eravamo amici. Ma ha preso una strada oscura. È ossessionato dal potere che crede di poter ottenere dal bosco."

"Potrebbe essere lui dietro tutto questo?" chiese Elena.

"È possibile. Ma non possiamo accusarlo senza prove."

Luca si alzò. "Dobbiamo fare qualcosa. Non possiamo lasciare che continui."

Marco posò una mano sulla sua spalla. "La fretta è cattiva consigliera. Dobbiamo agire con cautela. Questa notte ci sarà la luna nuova, un momento in cui le energie sono più forti. Vi guiderò in un rituale per proteggere il bosco."

Elena e Luca si scambiarono uno sguardo. "Siamo pronti," disse lei.

La notte calò rapidamente, portando con sé un silenzio avvolgente. Marco preparò un cerchio di pietre in una radura illuminata solo dalla luce delle stelle. Al centro, accese un fuoco sacro, alimentato da erbe e resine profumate.

"Luca, Elena, entrate nel cerchio," disse con voce solenne.

I due si avvicinarono, sentendo l'aria vibrante di energia. Marco iniziò a cantilenare parole in una lingua antica, alzando le braccia verso il cielo. Le fiamme danzavano al ritmo del suo canto, proiettando ombre che sembravano prendere vita.

All'improvviso, un vento gelido attraversò la radura, spegnendo le fiamme. Un'oscurità innaturale li avvolse.

"Qualcosa non va," sussurrò Elena, afferrando la mano di Luca.

"Dovete restare calmi," disse Marco, cercando di riaccendere il fuoco. Ma le scintille si spegnevano non appena toccavano la legna.

Dal buio emerse una risata sinistra. "Pensavate davvero di potermi fermare?" La voce di Antonio risuonò tra gli alberi.

"Antonio! Mostrati!" gridò Marco.

Una figura apparve ai margini del cerchio. Antonio sembrava più giovane, i suoi occhi brillavano di una luce malvagia. "Il potere del bosco sarà mio. Voi non potete farci nulla."

"Stai giocando con forze che non puoi controllare," avvertì Marco.

"Al contrario, sono io a controllarle ora." Con un gesto della mano, Antonio evocò un'ombra scura che si mosse rapidamente verso di loro.

"Luca, Elena, fuori dal cerchio!" urlò Marco.

I due corsero verso gli alberi, mentre l'ombra si abbatteva sul cerchio, distruggendolo. Marco cercò di opporsi, ma fu travolto da una forza invisibile.

"Dobbiamo aiutare Marco!" gridò Elena, ma Luca la trattenne.

"Non possiamo fare nulla qui. Dobbiamo trovare un altro modo."

Corsero attraverso il bosco, inseguiti da ombre che si muovevano veloci come il vento. I rami sembravano tendersi per ostacolarli, le radici emergevano dal terreno cercando di afferrarli.

"Di qua!" indicò Elena, dirigendosi verso una vecchia cappella in rovina. Una volta dentro, chiusero la pesante porta di legno, ansimando.

"Cosa facciamo ora?" chiese Luca, il respiro affannato.

Elena frugò nello zaino, tirando fuori il diario del nonno. "Ci deve essere qualcosa qui che può aiutarci." Sfogliò rapidamente le pagine, fermandosi su un'antica preghiera di protezione.

"Recitiamola insieme," disse, iniziando a leggere ad alta voce le parole in latino.

Mentre pronunciavano la preghiera, una luce soffusa iniziò a emanare dalle pareti della cappella. Le ombre all'esterno sembravano ritirarsi, incapaci di avvicinarsi.

"La luce le sta tenendo lontane," osservò Luca.

"Ma non durerà per sempre," rispose Elena. "Dobbiamo trovare un modo per fermare Antonio."

"Se ha usato i sigilli per liberare queste forze, forse possiamo invertire il processo."

Elena annuì. "Hai ragione. Se riuscissimo a ripristinare i sigilli, potremmo riportare l'equilibrio."

"Ma come? Non sappiamo dove sono tutti i sigilli."

"In realtà, mio nonno li ha mappati nel diario." Mostrò una pagina con una mappa dettagliata del bosco, indicando vari punti segnati con simboli.

"Perfetto. Dobbiamo agire in fretta."

Con il primo chiarore dell'alba, Luca ed Elena uscirono dalla cappella, dirigendosi verso il primo punto sulla mappa. Il bosco sembrava più tranquillo, ma sapevano che era solo una tregua temporanea.

Arrivati al primo sigillo, trovarono il simbolo inciso su una pietra, ma era stato deturpato. "Ecco perché le protezioni sono cadute," disse Elena. "Dobbiamo ripristinarlo."

Utilizzando un pezzo di gesso e seguendo le istruzioni del diario, ricostruirono il simbolo. Una volta completato, sentirono un leggero tremore nel terreno, come se il bosco respirasse di nuovo.

"Funziona!" esclamò Luca.

Proseguirono verso gli altri punti, lavorando con determinazione. Ad ogni sigillo ripristinato, il bosco sembrava recuperare forza. Gli uccelli ripresero a cantare, e la luce del sole filtrava più calda tra le fronde.

Mentre stavano riparando l'ultimo sigillo, una figura emerse dai cespugli. Era il Detective Rossi. "Cosa state facendo?" chiese con voce dura.

"Stiamo cercando di ripristinare l'equilibrio del bosco," rispose Elena.

Il detective li fissò con sguardo scettico. "Ho ricevuto segnalazioni di strani avvenimenti. Voi due sembrate essere sempre al centro di tutto."

"Non c'è tempo per spiegare," intervenne Luca. "C'è un uomo che sta cercando di liberare forze oscure. Dobbiamo fermarlo."

Rossi estrasse la pistola. "Mi dispiace, ma devo portarvi con me."

Prima che potessero replicare, una risata malefica riempì l'aria. Antonio apparve dietro di loro, gli occhi iniettati di sangue. "Benvenuti allo spettacolo finale."

Il detective si voltò, puntando l'arma. "Fermo dove sei!"

Antonio alzò una mano, e un'onda di energia colpì Rossi, scaraventandolo contro un albero. Luca ed Elena si misero davanti a lui, proteggendolo.

"Non potete fermarmi," dichiarò Antonio. "Il potere del bosco è mio."

"Non finché noi siamo qui," ribatté Elena.

Antonio avanzò, ma all'improvviso il terreno sotto di lui iniziò a tremare. Dai sigilli ripristinati, una luce intensa si irradiò, collegandosi in una rete luminosa che avvolse Antonio.

"Cosa avete fatto?" urlò, cercando di liberarsi.

"Abbiamo restituito al bosco le sue difese," rispose Luca.

La luce diventò sempre più intensa, fino a inglobare completamente Antonio. Con un grido disperato, la sua figura si dissolse nell'aria, lasciando solo un'eco lontana.

Il silenzio calò sul bosco. Rossi si riprese lentamente, massaggiandosi la testa. "Cosa... cosa è successo?"

Elena lo aiutò ad alzarsi. "È una lunga storia, ma il pericolo è passato."

Il detective li guardò con confusione. "Non so cosa ho visto, ma credo che preferirò non indagare oltre."

Luca sorrise. "A volte, è meglio accettare che ci sono cose che sfuggono alla nostra comprensione."

Rossi annuì lentamente. "Forse hai ragione. Vi devo delle scuse."

"Nessun problema. L'importante è che ora il villaggio sia al sicuro."

Di ritorno al villaggio, furono accolti con sollievo dagli abitanti. La notizia della scomparsa di Antonio e del ritorno della pace si diffuse rapidamente. Marco li raggiunse poco dopo, visibilmente stanco ma sorridente.

"Avete fatto un ottimo lavoro," li elogiò. "Il bosco vi sarà grato."

"Non ce l'avremmo fatta senza il tuo aiuto," disse Elena.

"Il merito è vostro. Avete avuto il coraggio di affrontare l'ignoto."

Luca guardò il bosco all'orizzonte. "Credo che questo posto abbia molto da insegnare. Forse dovrei restare ancora un po' per scoprirlo."

Elena gli sorrise. "Mi piacerebbe averti qui."

Il sole tramontava, tingendo il cielo di sfumature arancioni e rosse. Il bosco, ora silenzioso e pacifico, sembrava avvolgerli in un abbraccio caloroso. Le vibrazioni oscure erano svanite, sostituite da una sensazione di armonia.

Luca sentì una profonda gratitudine per quel luogo e per le persone che aveva incontrato. Sapeva che il suo viaggio a Montenuovo era solo all'inizio, e che molte altre avventure lo aspettavano tra le fronde di quel bosco misterioso.

Capitolo 3: Primi Indizi

Il sole era alto nel cielo quando Luca si svegliò nella sua casa ai margini del bosco. Dopo gli eventi dei giorni precedenti, si sentiva più determinato che mai a scoprire la verità su Montenuovo. Si stiracchiò, sentendo i muscoli ancora tesi per la tensione accumulata. Decise di fare una doccia calda per schiarirsi le idee.

Mentre l'acqua scorreva, ripensò alla conversazione avuta con Elena e Marco. Le informazioni sul bosco, sui sigilli e su Antonio lo avevano colpito profondamente. C'era qualcosa di antico e misterioso che permeava quel luogo, e lui ne era ormai parte.

Vestito e pronto per la giornata, uscì di casa con la macchina fotografica a tracolla. Aveva deciso di esplorare alcune zone del bosco che non aveva ancora visitato, in cerca di ulteriori indizi. Inoltre, voleva scattare foto per il suo progetto, cercando di catturare la bellezza e il mistero di quel luogo.

Camminando lungo il sentiero, notò che il bosco sembrava diverso. L'aria era più fresca, i colori più vividi. Gli uccelli cinguettavano allegri, e piccoli animali facevano capolino tra i cespugli. "Forse le energie negative si sono davvero dissipate," pensò con ottimismo.

Si fermò in una radura illuminata dal sole, dove al centro svettava un antico albero con rami contorti. Decise di scattare alcune foto, cercando di cogliere l'essenza di quella maestosità. Mentre inquadrava l'albero, notò qualcosa di strano alla base del tronco: un oggetto metallico che rifletteva la luce.

Si avvicinò per osservare meglio. Era un medaglione d'argento, ornato con incisioni intricate. Lo raccolse delicatamente, notando che al centro era inciso lo stesso simbolo che aveva trovato sull'albero giorni prima. "Un altro pezzo del puzzle," mormorò.

Mentre esaminava il medaglione, sentì un fruscio alle sue spalle. Si voltò di scatto, ma non vide nessuno. "C'è qualcuno?" chiese ad alta voce. Nessuna risposta, solo il leggero sussurro del vento tra le foglie.

Decise di mettere il medaglione in tasca e proseguire. Più avanzava, più il bosco sembrava avvolgerlo in un abbraccio silenzioso. Arrivò a un piccolo ruscello e si fermò per rinfrescarsi. L'acqua era cristallina e gelida al tatto. Mentre si chinava per bere, vide riflesso nell'acqua il volto di una donna dietro di lui.

Si girò di scatto, ma non c'era nessuno. Il cuore gli batteva forte. "Sto iniziando a immaginare le cose," pensò, cercando di calmarsi. Ma quel volto gli era sembrato così reale. Aveva occhi profondi e tristi, e un'espressione che chiedeva aiuto.

Decise che era il momento di tornare al villaggio e parlare con Elena. C'era qualcosa che non quadrava, e aveva bisogno del suo aiuto per capire.

Elena lo accolse con un sorriso quando bussò alla sua porta. "Luca! Come è andata l'esplorazione di oggi?"

"Interessante, direi," rispose, entrando. "Ho trovato questo." Estrasse il medaglione e glielo mostrò.

Elena lo prese tra le mani, osservandolo attentamente. "È bellissimo. Ma questo simbolo..."

"È lo stesso che ho visto sull'albero. E c'è di più. Ho avuto una strana sensazione nel bosco. Ho visto il riflesso di una donna nell'acqua, ma quando mi sono girato non c'era nessuno."

Elena lo guardò con preoccupazione. "Potrebbe essere uno spirito del bosco. Ci sono storie su anime che vagano in cerca di pace."

"Pensavo che dopo aver sconfitto Antonio le cose fossero tornate alla normalità."

"Forse c'è ancora qualcosa che non sappiamo."

Decisero di consultare nuovamente il diario del nonno di Elena. Sfogliando le pagine, trovarono una sezione dedicata alle "Anime Perdute". Secondo le leggende, alcune anime rimanevano intrappolate nel mondo terreno a causa di eventi traumatici o irrisolti.

"Guarda qui," indicò Elena. "Si parla di una donna di nome Isabella, scomparsa nel bosco molti anni fa. Si dice che il suo spirito appaia a coloro che possono aiutarla."

"Potrebbe essere lei quella che ho visto," rifletté Luca. "Ma cosa possiamo fare?"

"Forse dobbiamo scoprire la sua storia e aiutarla a trovare la pace."

Si recarono all'archivio comunale, un edificio polveroso ma ricco di documenti storici. La bibliotecaria, una signora anziana con occhiali spessi, li accolse con curiosità. "Cercate qualcosa in particolare?"

"Sì, vorremmo informazioni su una certa Isabella, scomparsa nel bosco," spiegò Elena.

La donna li fissò per un momento. "Isabella... sì, ricordo quella storia. È una vicenda triste."

Li guidò verso una sezione di vecchi giornali e documenti. "Ecco qui. Questo è l'articolo sulla sua scomparsa."

Luca prese il foglio ingiallito. L'articolo raccontava di Isabella Rossi, una giovane donna scomparsa misteriosamente nel bosco nel 1950. Non era mai stata ritrovata, e le circostanze della sua scomparsa erano avvolte nel mistero.

"Rossi... come il detective," notò Luca.

"Potrebbe essere una coincidenza," disse Elena. "Ma forse dovremmo parlarne con lui."

Ringraziarono la bibliotecaria e si diressero verso la stazione di polizia del villaggio. Il Detective Rossi era seduto alla sua scrivania, immerso in alcuni documenti. Al vederli entrare, alzò lo sguardo con sorpresa.

"Di nuovo voi. Cosa vi porta qui?"

"Avremmo bisogno di parlare con lei di una questione personale," iniziò Luca.

Rossi li invitò a sedersi. "Sono tutto orecchi."

"Abbiamo scoperto che una donna di nome Isabella Rossi è scomparsa nel bosco molti anni fa. Volevamo sapere se per caso fosse una sua parente."

Il volto del detective si fece serio. "Isabella era mia zia. Non l'ho mai conosciuta, ma la sua scomparsa ha segnato profondamente la mia famiglia."

"Crediamo che il suo spirito sia ancora nel bosco," spiegò Elena. "Forse possiamo aiutarla a trovare pace."

Rossi li guardò incredulo. "Non so se credere a queste cose. Ma se c'è anche solo una possibilità di fare qualcosa, voglio aiutare."

Decisero di tornare insieme nel bosco, nel punto in cui Luca aveva visto il riflesso di Isabella. Il detective portò con sé una vecchia fotografia di famiglia, raffigurante Isabella giovane e sorridente.

Arrivati al ruscello, il luogo era avvolto in una calma surreale. Il sole stava tramontando, tingendo il cielo di sfumature rosate. Rossi si avvicinò all'acqua, mostrando la foto. "Isabella, sono tuo nipote. Se sei qui, dacci un segno."

Per alcuni istanti, nulla accadde. Poi, una leggera brezza sollevò le foglie intorno a loro, e una figura eterea apparve sulla superficie dell'acqua. Era la donna che Luca aveva visto, con gli stessi occhi tristi.

"Zia..." sussurrò Rossi, visibilmente emozionato.

Isabella sembrava voler comunicare qualcosa. Alzò la mano, indicando un punto oltre il ruscello. Poi, lentamente, la sua figura svanì.

"Dobbiamo seguire la direzione che ha indicato," disse Elena.

Attraversarono il ruscello e si addentrarono in una zona del bosco che sembrava più fitta e selvaggia. Dopo alcuni minuti, si imbatterono in una piccola radura dove sorgevano le rovine di una vecchia casetta in pietra.

"Non sapevo che ci fosse una casa qui," osservò Rossi.

Esplorarono l'area, trovando tracce di una vita passata: frammenti di stoviglie, un vecchio pozzo, e ciò che sembrava un ingresso a una cantina sotterranea.

"Potrebbe essere qui che è accaduto qualcosa," ipotizzò Luca.

Aprirono con cautela la pesante botola, scendendo lentamente lungo una scala di pietra. La cantina era umida e buia, ma una volta accesa la torcia, videro che le pareti erano ricoperte di scritte e simboli.

"Questi simboli..." iniziò Elena. "Sono simili a quelli dei sigilli, ma invertiti."

"Come se qualcuno avesse voluto rompere le protezioni," aggiunse Luca.

In un angolo, trovarono un vecchio diario. Rossi lo aprì con mani tremanti. "È la calligrafia di Isabella."

Le pagine raccontavano una storia sconvolgente. Isabella aveva scoperto che alcuni abitanti del villaggio praticavano rituali oscuri, tentando di evocare entità per ottenere potere. Quando aveva minacciato di rivelare tutto, era stata eliminata e nascosta in quella cantina.

"È terribile," disse Elena con le lacrime agli occhi.

Rossi era pallido. "Ora capisco. La sua anima è rimasta intrappolata qui, in cerca di giustizia."

"Possiamo darle pace portando alla luce la verità," suggerì Luca.

Decisero di informare le autorità competenti e organizzare una degna sepoltura per Isabella. Nei giorni successivi, la notizia si diffuse nel villaggio, portando con sé shock e tristezza. Ma anche un senso di liberazione.

Durante la cerimonia funebre, Rossi tenne un discorso commosso. "Isabella è stata vittima di oscurità e segreti. Oggi la liberiamo da questo fardello, rendendole finalmente giustizia."

Mentre il sole tramontava, un leggero vento accarezzò i presenti. Luca sentì una presenza vicina e, voltandosi, vide per un attimo il sorriso sereno di Isabella. Sapeva che ora aveva trovato la pace.

Con questa nuova esperienza, Luca si rese conto che Montenuovo aveva ancora molti segreti da svelare. Ma sentiva di aver fatto la cosa giusta, aiutando un'anima in pena e rafforzando il legame con Elena e il villaggio.

"Mi chiedo cos'altro ci riserverà questo posto," disse a Elena mentre passeggiavano lungo il sentiero che portava al ponte preferito di lei.

"Qualunque cosa accada, so che insieme potremo affrontarla," rispose lei, stringendogli la mano.

Il bosco li avvolgeva con il suo fascino misterioso, ma ora sembrava più luminoso, come se avesse riconosciuto i loro sforzi per proteggerlo e onorarlo.

"Le vibrazioni dell'anima sono forti qui," rifletté Luca. "E penso che sia il luogo dove voglio restare."

Elena sorrise. "Allora, benvenuto a casa."

Capitolo 4: L'Ombra Ritornata

Il sole sorgeva lentamente, tingendo il cielo di sfumature dorate. Luca si svegliò con una strana inquietudine. Nonostante gli eventi recenti si fossero conclusi positivamente, c'era qualcosa nell'aria che lo metteva a disagio. Si alzò dal letto e si affacciò alla finestra. Il bosco sembrava tranquillo, ma una sottile nebbia si insinuava tra gli alberi, conferendo al paesaggio un aspetto etereo.

Decise di prepararsi un caffè e pianificare la giornata. Aveva intenzione di incontrare Elena per discutere delle prossime mosse. Mentre sorseggiava la bevanda calda, notò una busta infilata sotto la porta d'ingresso. Si avvicinò, la raccolse e la aprì con curiosità. All'interno c'era un foglio di carta ingiallita con un messaggio scritto a mano:

"Non tutto è come sembra. Il pericolo non è svanito. Stai attento."

Il messaggio non era firmato. Luca sentì un brivido lungo la schiena. Chi poteva averlo scritto? Decise di portare la lettera con sé e uscì di casa, dirigendosi verso l'abitazione di Elena.

Elena lo accolse con un sorriso, ma appena vide l'espressione preoccupata di Luca, il suo volto si fece serio. "È successo qualcosa?"

Luca le porse la lettera. "L'ho trovata stamattina sotto la porta."

Lei lesse il messaggio, aggrottando la fronte. "Chi potrebbe averlo scritto?"

"Non ne ho idea. Ma ho una brutta sensazione."

Elena rifletté per un momento. "Forse dovremmo parlarne con Marco. Potrebbe aiutarci a capire se c'è ancora qualche minaccia nel bosco."

Luca annuì. "Buona idea. Andiamo da lui."

Il sentiero che conduceva alla capanna di Marco era avvolto in un silenzio innaturale. Gli uccelli non cantavano e il vento sembrava essersi fermato. Arrivati alla capanna, trovarono la porta socchiusa.

"Marco?" chiamò Elena, entrando con cautela.

L'interno era in disordine. Oggetti sparsi ovunque, scaffali rovesciati, libri e pergamene sparse sul pavimento. Luca sentì il cuore accelerare. "Cosa è successo qui?"

Elena si avvicinò al tavolo, dove trovò un altro messaggio scritto su un pezzo di pergamena:

"Non potete fermarmi. Il bosco sarà mio."

"Antonio..." mormorò Luca incredulo. "Ma pensavamo che fosse stato sconfitto."

"Apparentemente non è così," rispose Elena con voce tremante. "Dobbiamo trovare Marco."

Mentre cercavano indizi, notarono che mancavano alcuni oggetti: amuleti protettivi, libri di incantesimi e mappe del bosco. "Sembra che qualcuno abbia preso ciò che gli serviva e abbia portato via Marco," osservò Luca.

"Dobbiamo avvertire il Detective Rossi," suggerì Elena.

Tornarono in fretta al villaggio e si recarono alla stazione di polizia. Il Detective Rossi li accolse con preoccupazione. "Che cosa vi porta qui così di corsa?"

"Marco è scomparso," spiegò Elena. "Crediamo che Antonio sia tornato."

Rossi li guardò scettico. "Ma avete detto di aver risolto la questione con Antonio. Come può essere tornato?"

"Non ne siamo certi," ammise Luca. "Ma abbiamo trovato questi messaggi." Gli porse le lettere.

Il detective lesse attentamente. "Se ciò che dite è vero, potrebbe essere pericoloso per l'intero villaggio. Dobbiamo agire subito."

"Che cosa propone?" chiese Elena.

"Organizzerò una squadra di ricerca per trovare Marco e verificare se Antonio è davvero tornato. Nel frattempo, vi consiglio di restare al sicuro."

"Non possiamo stare con le mani in mano," obiettò Luca. "Conosciamo il bosco meglio di chiunque altro."

Rossi sospirò. "Va bene, ma dovrete collaborare con me. Non voglio che vi mettiate in pericolo."

La squadra di ricerca si addentrò nel bosco, composta da Luca, Elena, il Detective Rossi e due agenti. L'atmosfera era tesa, e tutti erano all'erta per qualsiasi segnale.

Dopo ore di cammino senza risultati, giunsero a una vecchia miniera abbandonata. "Non sapevo che ci fosse una miniera qui," disse uno degli agenti.

"È stata chiusa decenni fa," spiegò Rossi. "Ma potrebbe essere un buon nascondiglio."

Decisero di entrare. L'interno era buio e umido, l'aria pesante e stagnante. Le pareti erano ricoperte di muschio e strani simboli incisi nella roccia.

"Questi simboli..." sussurrò Elena. "Sono diversi da quelli che abbiamo visto prima."

Luca scattò alcune foto. "Sembrano più antichi."

Improvvisamente, un rumore metallico risuonò in profondità nella miniera. "Avete sentito?" chiese Rossi, mettendo una mano sulla fondina della pistola.

Procedettero con cautela, seguendo il suono. Giunsero in una grande caverna illuminata da torce accese. Al centro, legato a una sedia, c'era Marco, apparentemente privo di sensi.

"Marco!" gridò Elena, correndo verso di lui.

"Fermi!" ordinò Rossi, ma era troppo tardi.

Dal buio emerse Antonio, o ciò che ne restava. Il suo aspetto era ancora più inquietante: la pelle pallida, gli occhi completamente neri, un'aura di oscurità lo circondava.

"Benvenuti," disse con una voce che sembrava provenire da un abisso profondo. "Vi stavo aspettando."

Gli agenti puntarono le armi. "Fermo! Alza le mani!" intimò Rossi.

Antonio rise, un suono gelido che fece rabbrividire tutti. "Le vostre armi non possono fermarmi."

Con un gesto della mano, una forza invisibile disarmò gli agenti, scaraventandoli contro le pareti. Rossi cercò di afferrare la sua pistola, ma fu immobilizzato da un'energia oscura.

Luca si posizionò davanti a Elena e Marco, cercando di proteggerli. "Cosa vuoi da noi?"

"Voglio ciò che mi spetta," rispose Antonio. "Il potere assoluto sul bosco e su chi lo abita."

"Non ti permetteremo di far del male a nessuno," disse Elena con voce ferma.

Antonio si avvicinò, gli occhi fissi nei loro. "Non potete fermarmi. Ma potete unirvi a me. Insieme potremmo dominare queste terre."

"Mai," ribatté Luca.

In quel momento, Marco riprese conoscenza. "Elena... Luca... dovete usare il medaglione."

Luca estrasse il medaglione che aveva trovato. "Questo?"

"Sì," ansimò Marco. "È un antico amuleto in grado di contrastare le tenebre."

Antonio si accorse dell'oggetto e il suo volto si contorse in un'espressione di rabbia. "Consegnamelo!"

"Non ci penso nemmeno," disse Luca, stringendo il medaglione.

Elena posò una mano sulla sua. "Dobbiamo usarlo insieme."

Chiusero gli occhi, concentrandosi. Sentirono un calore diffondersi dal medaglione, un'energia luminosa che cresceva di intensità.

Antonio gridò, coprendosi gli occhi. "Smettetela!"

La luce avvolse la caverna, scacciando le ombre. Gli agenti e Rossi si liberarono dalla presa invisibile, osservando la scena con stupore.

"Continuate!" incoraggiò Marco.

Luca ed Elena aumentarono la concentrazione, sentendo le loro energie unirsi. La luce divenne accecante, costringendo Antonio a indietreggiare.

"No! Questo non può accadere!" urlò, mentre il suo corpo iniziava a dissolversi in una nuvola di fumo nero.

Con un ultimo grido, Antonio scomparve, e la caverna tornò al silenzio. La luce si affievolì, e Luca ed Elena aprirono gli occhi, esausti ma sollevati.

"È finita?" chiese Rossi, avvicinandosi con cautela.

"Penso di sì," rispose Marco, ancora debole. "Avete liberato il bosco dalla sua oscurità."

All'esterno, il bosco sembrava rinato. Il sole splendeva tra le fronde, gli animali si muovevano liberamente e l'atmosfera era serena.

Tornati al villaggio, furono accolti con gioia dagli abitanti. La notizia della sconfitta definitiva di Antonio si diffuse rapidamente, portando speranza e sollievo.

Rossi si avvicinò a Luca ed Elena. "Non so come ringraziarvi. Avete dimostrato un coraggio straordinario."

"Abbiamo fatto solo ciò che era giusto," rispose Luca modestamente.

Marco sorrise. "Il bosco vi sarà per sempre grato. Ora potrà tornare in equilibrio."

Elena guardò Luca negli occhi. "Abbiamo affrontato molte sfide insieme. Sono felice di averti al mio fianco."

Luca le prese la mano. "Il sentimento è reciproco. Questo luogo è diventato una parte di me."

Mentre il sole tramontava, tingendo il cielo di colori caldi, il villaggio si riunì per celebrare. Musica, risate e racconti animavano la piazza centrale.

Luca sentì una pace interiore che non provava da tempo. Sapeva che, nonostante le difficoltà, aveva trovato il suo posto nel mondo.

"Le vibrazioni dell'anima sono più forti quando siamo uniti," rifletté ad alta voce.

Elena sorrise. "E insieme possiamo affrontare qualsiasi cosa."

Il futuro era incerto, ma per la prima volta Luca non aveva paura. Era pronto ad abbracciare nuove avventure, consapevole che non sarebbe stato solo.

Capitolo 5: Sussurri dal Passato

Le prime luci dell'alba filtravano attraverso le tende leggere della casa di Luca, disegnando ombre morbide sulle pareti. Si svegliò con una sensazione di tranquillità, il ricordo degli eventi recenti già sfumato come un sogno lontano. Si stiracchiò, ascoltando il cinguettio degli uccelli che annunciavano un nuovo giorno.

Dopo una rapida colazione, decise di fare una passeggiata nel bosco. Voleva verificare con i propri occhi che tutto fosse davvero tornato alla normalità. Indossò un comodo abbigliamento da escursione, prese la sua inseparabile macchina fotografica e uscì, respirando a pieni polmoni l'aria fresca e pulita.

Il sentiero si snodava tra gli alberi maestosi, le cui foglie brillavano di un verde intenso sotto i raggi del sole. Il bosco sembrava più vivo che mai, come se si fosse liberato di un peso opprimente. Luca scattò alcune foto, catturando la bellezza di quel luogo incantato.

Mentre camminava, udì un suono melodioso in lontananza. Sembrava una canzone, dolce e malinconica. Incuriosito, seguì la melodia fino a giungere a una piccola radura che non aveva mai visto prima. Al centro, seduta su un tronco caduto, c'era una donna dai lunghi capelli dorati, che suonava un'antica arpa.

Luca rimase incantato. "Buongiorno," disse con voce gentile per non spaventarla.

La donna alzò lo sguardo, sorridendogli. "Buongiorno a te, viandante."

"Non ti ho mai vista da queste parti. Sei del villaggio?" chiese avvicinandosi lentamente.

"Potremmo dire che appartengo a questo luogo," rispose lei enigmaticamente.

C'era qualcosa di etereo in lei, una bellezza fuori dal tempo. "La tua musica è meravigliosa. Come ti chiami?"

"Mi chiamo Aurora," disse, posando delicatamente l'arpa sulle ginocchia. "E tu sei Luca, vero?"

Luca fu sorpreso. "Come fai a sapere il mio nome?"

Aurora sorrise di nuovo. "Il bosco ha molti sussurri, e io ascolto le sue storie."

"Capisco," disse, anche se in realtà non capiva affatto. "Sei una musicista?"

"In un certo senso. La mia musica è un omaggio alla natura e ai suoi spiriti."

Luca sentì un brivido di eccitazione. "Allora conosci le leggende di questo bosco?"

"Molte leggende nascondono verità dimenticate. E alcune aspettano solo di essere riscoperte."

Si sedette accanto a lei sul tronco. "Mi piacerebbe saperne di più. Ho vissuto alcune esperienze particolari da quando sono arrivato qui."

Aurora lo guardò intensamente. "So cosa hai affrontato. Hai un cuore coraggioso e un'anima pura."

Luca arrossì leggermente. "Ho fatto solo ciò che ritenevo giusto."

"Proprio per questo il bosco ti ha accettato. Ma il tuo viaggio non è ancora concluso."

"Che cosa intendi?" chiese, avvertendo un'ombra di preoccupazione.

"Ci sono forze antiche che si muovono nell'oscurità. Non tutto il male è stato sconfitto."

Luca sospirò. "Pensavo che dopo Antonio potessimo finalmente stare tranquilli."

"Antonio era solo un emissario. Ci sono entità ben più potenti che bramano il controllo su queste terre."

"Come possiamo fermarle?"

"Non sarà facile. Ma tu e i tuoi amici avete già dimostrato di essere all'altezza."

In quel momento, un rumore tra i cespugli li fece voltare. Elena emerse dalla vegetazione, con un'espressione sorpresa nel vedere Luca.

"Eccoti! Ti stavo cercando," disse, avvicinandosi. Poi notò Aurora. "Oh, scusate, non volevo interrompere."

"Aurora, ti presento Elena," disse Luca. "Una cara amica."

Aurora si alzò in piedi, facendo un leggero inchino. "Piacere di conoscerti, Elena."

Elena ricambiò il sorriso. "Il piacere è mio. Non ti avevo mai vista prima."

"Sono una presenza discreta in questi luoghi," rispose Aurora.

Elena lanciò uno sguardo interrogativo a Luca, che le rispose con un'alzata di spalle. "Stavamo parlando delle leggende del bosco," spiegò.

"Interessante. Sai, Luca, dovremmo andare da Marco. Ha detto che voleva parlarci."

"Va bene. Aurora, ti andrebbe di unirti a noi?" chiese Luca.

Lei scosse dolcemente la testa. "Grazie, ma devo andare. Ci rivedremo presto." E con un ultimo sorriso, si allontanò tra gli alberi, sparendo rapidamente dalla vista.

Elena osservò la sua figura scomparire. "È... particolare, vero?"

"Decisamente. Ha qualcosa di misterioso."

"Che cosa vi siete detti?"

Luca le riferì della conversazione, inclusa la parte sulle nuove minacce. Elena ascoltò attentamente, l'espressione preoccupata.

"Dobbiamo assolutamente parlarne con Marco."

Arrivati alla capanna di Marco, lo trovarono intento a raccogliere erbe nel suo giardino. Al vederli, sollevò una mano in segno di saluto.

"Buongiorno, ragazzi. Sembra che abbiate qualcosa di importante da dirmi."

"Dobbiamo parlarti di una persona che ho incontrato nel bosco," iniziò Luca. "Si chiama Aurora."

Marco alzò un sopracciglio. "Aurora, dici?"

"Sì. Suonava un'arpa e sembrava conoscere molte cose su di noi e sul bosco."

L'espressione di Marco si fece seria. "Aurora non è una persona comune. È uno spirito antico, una custode del bosco."

Luca ed Elena si scambiarono uno sguardo sorpreso. "Uno spirito?" chiese Elena.

"Sì. Si manifesta solo a coloro che ritiene degni. Se vi ha avvertito di un pericolo, dobbiamo prenderlo molto sul serio."

"Ha detto che ci sono entità più potenti di Antonio che minacciano il bosco," spiegò Luca.

Marco annuì lentamente. "Temevo che potesse accadere. La sconfitta di Antonio potrebbe aver attirato l'attenzione di forze oscure."

"Come possiamo prepararci?" chiese Elena.

"Ci sono antichi rituali che possono rafforzare le difese del bosco e dei suoi abitanti. Ma avremo bisogno dell'aiuto di tutti."

"Possiamo contare sul Detective Rossi?" domandò Luca.

"Credo di sì. Dopo tutto quello che ha visto, dovrebbe essere disposto a collaborare."

Convocarono una riunione al centro del villaggio, spiegando la situazione agli abitanti. Inizialmente, ci fu scetticismo e timore, ma la fiducia che Luca ed Elena avevano guadagnato li aiutò a convincere la comunità.

Il Detective Rossi prese la parola. "So che tutto questo può sembrare incredibile, ma vi assicuro che le minacce sono reali. Dobbiamo unirci per proteggere il nostro villaggio."

Marco organizzò le attività, assegnando a ciascuno un compito. Alcuni avrebbero raccolto erbe e materiali necessari per i rituali, altri avrebbero pattugliato i confini del bosco per segnalare qualsiasi anomalia.

Mentre il sole calava, un'atmosfera di collaborazione e determinazione pervadeva il villaggio.

Quella notte, si riunirono nella radura dove tempo prima avevano sconfitto Antonio. Il cerchio di pietre era stato ricostruito, e al centro ardeva un grande fuoco. Aurora apparve tra le ombre degli alberi, avvicinandosi al gruppo.

"Sono lieta di vedere la vostra unione," disse con voce melodiosa. "Solo insieme potete affrontare ciò che sta arrivando."

"Di cosa si tratta esattamente?" chiese Rossi.

"Un'antica entità conosciuta come l'Ombra Senza Nome. Si nutre delle paure e delle divisioni tra le persone."

Marco annuì. "Ne ho sentito parlare nelle leggende. È stata sigillata secoli fa, ma il sigillo potrebbe essersi indebolito."

"Come possiamo rafforzarlo?" domandò Elena.

"Con un rituale che unisce le energie di tutti voi," spiegò Aurora. "Ma richiederà coraggio e fiducia reciproca."

Luca si fece avanti. "Siamo pronti. Cosa dobbiamo fare?"

Aurora alzò le braccia, e dal cielo iniziarono a scendere piccole scintille luminose. "Formate un cerchio intorno al fuoco e prendetevi per mano."

Gli abitanti si disposero come indicato, creando una catena umana. Aurora iniziò a cantare una melodia antica, e tutti sentirono un'energia attraversarli.

Il fuoco si intensificò, le fiamme diventando di un bianco brillante. Dal cuore del bosco, un'ombra scura iniziò a emergere, avvicinandosi lentamente.

"Non spezzate la catena!" avvertì Marco.

L'ombra si avvicinò, emettendo un sibilo inquietante. Tentò di penetrare nel cerchio, ma venne respinta dall'energia collettiva.

"Continuate a concentrarvi!" esortò Aurora.

Luca sentì il calore dell'energia fluire attraverso di lui, ma anche una pressione crescente. L'ombra cercava di infiltrarsi nelle loro menti, sussurrando parole di dubbio e paura.

Elena strinse la sua mano con più forza. "Non ascoltare. Rimani concentrato."

Con uno sforzo comune, aumentarono la loro concentrazione. L'ombra iniziò a ritirarsi, emettendo un urlo di frustrazione. Infine, si dissolse nell'aria, scomparendo completamente.

Il fuoco tornò al suo aspetto normale, e un senso di pace si diffuse nella radura.

"Ce l'avete fatta," disse Aurora con un sorriso. "Avete sigillato nuovamente l'entità."

Un applauso spontaneo esplose tra gli abitanti, seguito da abbracci e risate di sollievo.

Marco si avvicinò ad Aurora. "Grazie per il tuo aiuto. Senza di te, non ce l'avremmo fatta."

"Il merito è vostro. Avete dimostrato che l'unione può superare qualsiasi ostacolo."

Luca si avvicinò. "Resterai con noi?"

Aurora scosse la testa dolcemente. "Il mio compito qui è terminato, per ora. Ma sarò sempre presente nel cuore del bosco. Ricordate, proteggete questo luogo e il legame che vi unisce."

Con un ultimo sguardo, si allontanò tra gli alberi, svanendo come un sogno all'alba.

Nei giorni seguenti, il villaggio tornò alla sua routine, ma qualcosa era cambiato. Gli abitanti erano più uniti, consapevoli dell'importanza di proteggere il loro territorio e la loro comunità.

Luca decise di organizzare una mostra fotografica per celebrare la bellezza del bosco e le esperienze vissute. Con l'aiuto di Elena, allestì l'esposizione nella piazza principale, attirando visitatori dai villaggi vicini.

Le foto catturavano non solo la natura, ma anche i volti e le emozioni delle persone. Ogni scatto raccontava una storia di coraggio, amicizia e scoperta.

Durante l'inaugurazione, Rossi si avvicinò a Luca con un bicchiere in mano. "Hai fatto un lavoro straordinario. Queste immagini trasmettono qualcosa di speciale."

"Grazie, ma il merito è di tutti. Senza di voi, non avrei avuto nulla da raccontare."

"Pensavi di restare ancora a lungo?" chiese il detective.

"Sì, mi sento a casa qui. E ho ancora molto da imparare."

Elena si unì a loro, prendendo Luca per mano. "E io ho intenzione di assicurarmi che non se ne vada."

Rossi rise. "Mi fa piacere. Il villaggio ha bisogno di persone come voi."

Quella sera, mentre il sole tramontava dietro le colline, Luca ed Elena si sedettero sul ponte di legno che attraversava il ruscello, lo stesso dove si erano incontrati la prima volta.

"È strano pensare a tutto quello che è successo," disse Luca, guardando l'acqua scorrere.

"Già. Ma ogni esperienza ci ha resi più forti."

"Mi chiedo cosa ci riserverà il futuro."

Elena sorrise, appoggiando la testa sulla sua spalla. "Qualunque cosa sia, la affronteremo insieme."

Luca la guardò negli occhi, sentendo un profondo affetto crescere dentro di lui. "Sono felice di averti incontrata."

"Io di più."

Si scambiarono un bacio delicato, mentre le stelle iniziavano a illuminare il cielo. Il bosco attorno a loro sembrava cantare una melodia silenziosa, una sinfonia di vita e speranza.

Le vibrazioni dell'anima erano più forti che mai, unendo non solo loro due, ma l'intera comunità in un legame indissolubile con la natura e con il mistero dell'esistenza.

Capitolo 6: Il Segreto del Lago

Le giornate si susseguivano serene a Montenuovo. Il villaggio sembrava rinato dopo gli eventi recenti, e l'atmosfera era carica di ottimismo. Luca ed Elena trascorrevano molto tempo insieme, esplorando il bosco e approfondendo la loro conoscenza reciproca. Tuttavia, una parte di Luca sentiva che c'era ancora qualcosa di irrisolto, un mistero che attendeva di essere svelato.

Una mattina, mentre facevano colazione al piccolo caffè del villaggio, Elena notò un vecchio libro esposto su una bancarella di un mercatino improvvisato. "Guarda, sembra antico," disse, indicando il tomo con la copertina in pelle consumata.

Luca si avvicinò, curioso. "Chissà di cosa parla." Chiese al venditore informazioni.

"È un vecchio diario," spiegò l'uomo anziano dietro il bancone. "Apparteneva a un esploratore che visse qui molti anni fa. Lo vendo per pochi euro, se siete interessati."

Elena lo prese in mano, sfogliando le pagine ingiallite. "Potrebbe contenere storie interessanti sul villaggio e sul bosco."

"Lo prendiamo," disse Luca, pagando il venditore.

Seduti a un tavolo appartato, iniziarono a leggere il diario. Era scritto da un certo Giovanni, un naturalista del XIX secolo che aveva dedicato la sua vita allo studio del bosco di Montenuovo. Le pagine erano piene di descrizioni dettagliate della flora e della fauna, ma ciò che catturò la loro attenzione fu un capitolo dedicato a un misterioso lago nascosto nel cuore della foresta.

"Secondo Giovanni, il lago è il centro energetico del bosco," lesse Elena ad alta voce. "Si dice che le sue acque abbiano proprietà straordinarie e che custodiscano un segreto antico."

Luca si sporse verso di lei. "Questo spiegherebbe perché il bosco è così speciale. Dobbiamo assolutamente trovare questo lago."

Elena annuì entusiasta. "Potrebbe essere una nuova avventura. E magari scopriamo qualcosa che può aiutare a proteggere il villaggio."

Decisero di partire il giorno seguente, preparandosi per un'escursione che avrebbe potuto durare più di una giornata. Marco, informato dei loro piani, consigliò loro prudenza. "Il lago di cui parlate è avvolto da molte leggende. Non tutti coloro che lo hanno cercato sono tornati."

"Ma Giovanni lo ha trovato," ribatté Luca. "E ha lasciato indizi nel suo diario."

Marco sospirò. "Se siete decisi, almeno portate con voi questo." Porse loro un amuleto di pietra incisa con simboli protettivi. "Vi aiuterà a tenere lontane le energie negative."

La mattina seguente, con gli zaini in spalla e mappe alla mano, Luca ed Elena si addentrarono nel bosco. Seguendo le indicazioni del diario, si inoltrarono in zone che non avevano mai esplorato prima. Il sentiero era sempre meno definito, e la vegetazione si faceva più fitta.

"Dovremmo essere sulla strada giusta," disse Elena, confrontando la mappa con l'ambiente circostante. "Giovanni parla di una grande quercia con una biforcazione particolare."

Dopo ore di cammino, la trovarono: una quercia imponente, i cui rami sembravano formare un arco naturale. "È questa!" esclamò Luca.

Passando sotto l'arco, notarono che il bosco cambiava aspetto. Gli alberi erano più alti, le foglie più verdi, e una leggera foschia avvolgeva il terreno. Il suono dell'acqua che scorreva giunse alle loro orecchie.

"Credo che ci siamo vicini," disse Elena, accelerando il passo.

Improvvisamente, la vegetazione si aprì su una radura. Al centro, un lago cristallino rifletteva il cielo come uno specchio. L'acqua era così limpida che si poteva vedere il fondale ricoperto di pietre luminose.

"È... incredibile," sussurrò Luca, senza parole davanti a tanta bellezza.

Si avvicinarono alla riva, sentendo un'energia particolare nell'aria. Elena immerse una mano nell'acqua. "È tiepida. Nonostante siamo in montagna."

Luca scattò alcune foto, cercando di catturare l'atmosfera magica del luogo. Mentre esploravano la zona, notarono delle incisioni su alcune rocce vicine.

"Sembrano antiche scritture," osservò Elena. "Forse raccontano la storia di questo lago."

Provarono a decifrare i simboli, ma erano in una lingua sconosciuta. "Forse Marco potrebbe aiutarci a capirli," suggerì Luca.

Mentre continuavano a esplorare, una leggera brezza si alzò, e una voce dolce sembrò sussurrare i loro nomi. Si guardarono intorno, ma non videro nessuno.

"Hai sentito anche tu?" chiese Elena, con gli occhi spalancati.

"Sì. Sembrava la voce di Aurora."

In quel momento, una figura luminosa apparve sulla superficie del lago. Era Aurora, avvolta in una luce soffusa.

"Benvenuti al Lago della Luna," disse con un sorriso. "Sapevo che sareste arrivati fin qui."

"Aurora, che cos'è questo luogo?" chiese Luca.

"È il cuore pulsante del bosco, la fonte della sua energia e delle sue vibrazioni. Qui convergono le forze della natura e dello spirito."

Elena si avvicinò all'acqua. "Abbiamo sentito che questo lago custodisce un segreto."

Aurora annuì. "Esatto. Nelle sue profondità giace una pietra sacra, l'Occhio della Luna. È un artefatto antico che mantiene l'equilibrio tra i mondi."

"Perché ci hai guidati qui?" domandò Luca.

"Perché il sigillo che protegge l'Occhio della Luna sta perdendo forza. Avete dimostrato coraggio e purezza di cuore. Siete gli unici che possono ristabilire l'equilibrio."

Elena guardò Luca con determinazione. "Cosa dobbiamo fare?"

"Dovete immergervi nel lago e raggiungere la pietra. Una volta toccata, il sigillo si rinnoverà attraverso di voi."

Luca esitò. "C'è qualche pericolo?"

"Le acque del lago metteranno alla prova la vostra anima. Dovrete affrontare le vostre paure più profonde."

Elena prese la mano di Luca. "Siamo pronti."

Aurora sorrise. "Ricordate, la forza viene dall'unione."

Si tolsero gli zaini e le scarpe, preparandosi per l'immersione. L'acqua era sorprendentemente calda, avvolgendoli come un abbraccio.

Mentre nuotavano verso il centro del lago, la luce del sole si rifletteva sulla superficie, creando giochi di luce affascinanti. Giunti al punto indicato da Aurora, presero un respiro profondo e si immersero.

Sott'acqua, il mondo era silenzioso e ovattato. Le pietre sul fondale emettevano una debole luminescenza, guidandoli verso una formazione rocciosa al centro. Al suo interno, brillava una pietra più grande, di un bianco perlato.

Mentre si avvicinavano, sentirono una pressione crescente nelle orecchie e nel petto. Immagini confuse affioravano nelle loro menti: ricordi, paure, insicurezze.

Luca vide sé stesso bambino, solo e spaventato in una stanza buia. Sentì la solitudine che lo aveva accompagnato per anni. Elena vide il dolore della perdita di una persona cara, la sensazione di impotenza.

Ma poi, pensarono l'uno all'altra, e una forza nuova li pervase. Raggiunsero la pietra e la toccarono simultaneamente. Una luce intensa li avvolse, e le visioni svanirono.

Riemersero in superficie, ansimando per l'aria. Sul volto, un'espressione di meraviglia.

"Ce l'abbiamo fatta," disse Elena, sorridendo.

Il lago sembrava più brillante, e una sensazione di pace li circondava.

Aurora apparve sulla riva. "Avete superato la prova. Il sigillo è stato rinnovato, e l'equilibrio è stato ristabilito."

"È stato... intenso," ammise Luca. "Ma ne è valsa la pena."

"Avete dimostrato che l'amore e la fiducia possono superare qualsiasi ostacolo."

Elena annuì. "Cosa accadrà ora?"

"Il bosco sarà protetto per molte generazioni. E voi siete diventati parte della sua storia."

Dopo essersi asciugati e rivestiti, decisero di tornare al villaggio. Il percorso di ritorno sembrava più breve, e il bosco emanava una vivacità contagiosa.

Al loro arrivo, trovarono Marco e il Detective Rossi ad aspettarli. "Sapevamo che ce l'avreste fatta," disse Marco con un sorriso soddisfatto.

"Il lago esiste davvero," confermò Luca. "E abbiamo rinnovato il sigillo."

Rossi li guardò con ammirazione. "Siete diventati gli eroi di Montenuovo."

Elena arrossì leggermente. "Abbiamo fatto solo ciò che andava fatto."

Marco posò una mano sulle loro spalle. "Il vostro legame è ciò che ha reso possibile tutto questo. Non sottovalutate mai il potere dell'unione."

Nei giorni successivi, Luca lavorò alle foto del lago e delle esperienze vissute. Decise di non renderle pubbliche, ma di conservarle come tesori personali, condividendole solo con Elena e gli amici più stretti.

Una sera, mentre il sole tramontava, si ritrovarono tutti intorno al fuoco nella piazza del villaggio. Gli abitanti raccontavano storie, cantavano canzoni e celebravano la vita.

Aurora apparve per un breve istante tra le ombre, sorridendo a Luca ed Elena. Sapevano che, anche se non sempre visibile, la sua presenza sarebbe stata sempre con loro.

Luca guardò le stelle, sentendo una profonda gratitudine. "Non avrei mai immaginato che la mia vita avrebbe preso questa direzione."

Elena si strinse a lui. "Il destino ci ha portati qui, e sono felice che sia così."

"Chissà quali altre avventure ci aspettano."

"Qualunque cosa accada, so che la affronteremo insieme."

Mentre le ultime luci del giorno si spegnevano, Montenuovo brillava di una luce speciale, riflesso delle vibrazioni dell'anima che legavano ogni abitante, ogni albero, ogni creatura in un'unica sinfonia di vita.

Capitolo 7: Il Risveglio delle Antiche Radici

La luce del mattino filtrava attraverso le tende della stanza di Luca, svegliandolo dolcemente. Sentiva una sensazione di serenità profonda, come se ogni cosa fosse al suo posto. Si girò verso Elena, che dormiva ancora accanto a lui, il respiro regolare e il viso rilassato. Non poteva fare a meno di sorridere, grato per la presenza di lei nella sua vita.

Decise di alzarsi senza fare rumore, per non disturbarla. Si vestì e uscì in giardino, dove l'aria fresca del mattino lo avvolse. Il villaggio era ancora quieto, avvolto nel silenzio tipico delle prime ore del giorno. Sentì il bisogno di fare una passeggiata nel bosco, di immergersi ancora una volta nella natura che tanto amava.

Camminando lungo il sentiero, i suoi pensieri si rivolsero agli eventi recenti. Avevano affrontato sfide incredibili, scoperto segreti millenari e stretto legami indissolubili. Eppure, sentiva che c'era ancora qualcosa da scoprire, come se il bosco avesse altre storie da raccontare.

Giunto in una piccola radura, si fermò ad ammirare un antico albero dalle radici possenti. Le sue fronde si estendevano verso il cielo, e il tronco era segnato da simboli che sembravano raccontare storie dimenticate. Mentre si avvicinava, notò una piccola pietra incastonata tra le radici, che emanava una debole luce pulsante.

Curioso, si inginocchiò per osservarla meglio. Non appena la sfiorò, una serie di immagini affiorò nella sua mente: visioni di antiche cerimonie, di persone vestite con abiti tradizionali che danzavano intorno al fuoco, di energie che fluttuavano tra gli alberi.

Un sussurro lo riportò alla realtà. "Luca..." una voce femminile, dolce e melodiosa. Si voltò, ma non vide nessuno.

"Chi è là?" chiese, cercando di individuare la fonte della voce.

Dal nulla, apparve una donna anziana, con lunghi capelli argentati e occhi profondi come l'abisso. Indossava un mantello di foglie intrecciate e portava al collo un ciondolo simile alla pietra che Luca aveva trovato.

"Non temere," disse la donna con un sorriso rassicurante. "Sono Gaia, lo spirito ancestrale di queste terre."

Luca rimase senza parole per un attimo. "Gaia... come la dea della terra?"

"Esatto. Sono una manifestazione della forza vitale che pervade questo luogo. Ti osservo da quando sei arrivato qui. Hai un legame speciale con il bosco."

"Ho sempre sentito una connessione profonda," ammise Luca. "Ma non immaginavo di poter parlare con uno spirito ancestrale."

Gaia si avvicinò, posando una mano leggera sulla sua spalla. "Hai dimostrato coraggio, compassione e rispetto per la natura. Per questo, voglio condividere con te un segreto."

"Di cosa si tratta?"

"Ci sono antiche radici che si estendono sotto il villaggio, collegando tutti gli alberi e le creature viventi. Sono le vene pulsanti della terra. Ma qualcosa le sta avvelenando, una forza oscura che vuole distruggere l'equilibrio che avete faticosamente ristabilito."

Luca sentì un peso sul cuore. "Cosa possiamo fare per fermarla?"

"Devi riunire i custodi del bosco. Solo uniti potrete purificare le radici e riportare l'armonia."

"Chi sono i custodi?"

"Coloro che hanno un legame speciale con la natura. Tu, Elena, Marco e altri che ancora non conosci. Segui il tuo cuore, e li troverai."

Prima che potesse rispondere, Gaia svanì come nebbia al sole, lasciandolo solo nella radura. Luca sapeva che il tempo era prezioso. Si alzò e tornò di corsa al villaggio per informare Elena e gli altri.

"Questa volta non ci facciamo mancare nulla," commentò il Detective Rossi, dopo aver ascoltato il racconto di Luca. Erano riuniti nella casa di Marco, dove una mappa del villaggio e dei dintorni era stesa sul tavolo.

"Gaia ci ha dato una missione importante," disse Marco con tono serio. "Se le radici del bosco vengono contaminate, tutto ciò che vive qui ne risentirà."

"Come possiamo trovare gli altri custodi?" chiese Elena.

"Ci sono persone nel villaggio che hanno sempre avuto un legame speciale con la natura," spiegò Marco. "Dobbiamo coinvolgerle e spiegare loro la situazione."

Rossi annuì. "Posso pensare a due o tre persone che potrebbero aiutarci. Anche se non sarà facile convincerle."

"Non abbiamo scelta," affermò Luca. "Dobbiamo provarci."

La prima persona che decisero di contattare fu Sofia, un'erborista che viveva ai margini del villaggio. Era conosciuta per le sue conoscenze sulle piante medicinali e per la sua saggezza.

"Sapevo che sarebbe arrivato questo momento," disse Sofia quando le spiegarono la situazione. "Ho sentito le radici lamentarsi nelle ultime notti."

"Allora ci aiuterai?" chiese Elena.

"Con tutto il cuore," rispose lei, raccogliendo alcune erbe dal suo giardino. "Avremo bisogno di queste per il rituale di purificazione."

Successivamente, si recarono da Pietro, un giovane falegname con un talento particolare per lavorare il legno. "Ho avuto strani sogni ultimamente," confessò. "Alberi che piangono, terre aride... Se posso fare qualcosa per evitarlo, sono con voi."

Il gruppo continuò a crescere, includendo Anna, una musicista che componeva melodie ispirate ai suoni della foresta, e Gianni, un pastore che trascorreva le sue giornate nei prati ai piedi delle montagne.

Con il gruppo al completo, si riunirono nella radura dove Luca aveva incontrato Gaia. Marco spiegò il rituale che avrebbero dovuto eseguire. "Dobbiamo unire le nostre energie e concentrarle sulle radici, immaginando di purificarle dalla contaminazione."

Sofia distribuì a ciascuno un sacchetto di erbe aromatiche. "Queste aiuteranno a canalizzare le energie positive."

Anna iniziò a suonare una melodia dolce con il suo violino, mentre gli altri formarono un cerchio, tenendosi per mano. Il suono della musica si intrecciava con il fruscio delle foglie e il canto degli uccelli, creando un'atmosfera magica.

Luca chiuse gli occhi, concentrandosi sull'immagine delle radici che si estendevano sotto di loro. Sentì un calore diffondersi dal petto, irradiandosi attraverso le braccia e le mani unite a quelle degli altri. Un'energia palpabile sembrava circolare nel cerchio.

Improvvisamente, il terreno iniziò a tremare leggermente. Una luce verde brillante emerse dal suolo, avvolgendo il gruppo. Le radici affiorarono dalla terra, muovendosi come serpenti danzanti.

"Non abbiate paura," disse Marco. "È il bosco che risponde al nostro richiamo."

Le radici si intrecciarono, formando una figura antropomorfa davanti a loro. Era Gaia, ma questa volta la sua forma era composta da legno e foglie, gli occhi scintillanti di luce.

"Avete fatto bene, custodi," disse con voce riverberante. "Ma c'è ancora un ultimo ostacolo da superare."

"Diteci cosa dobbiamo fare," rispose Elena.

"Dovete affrontare l'origine della contaminazione. Un antico spirito maligno, risvegliato dall'avidità e dall'ignoranza degli uomini. Si trova nel cuore del bosco, in una caverna nascosta."

"Come possiamo sconfiggerlo?" chiese Pietro.

"Con la purezza del vostro intento e la forza dell'unione. Ma sappiate che metterà alla prova le vostre paure più profonde."

Luca si scambiò uno sguardo con Elena. "Siamo pronti."

Il gruppo si avventurò nel bosco, guidato da Gaia e dalle radici che aprivano loro la strada. Il sentiero diventava sempre più impervio, e l'oscurità si faceva più densa man mano che avanzavano.

Giunsero davanti all'ingresso di una caverna, dalla quale emanava un'energia opprimente. "È qui," sussurrò Sofia.

Marco distribuì a ciascuno una candela accesa. "La luce ci proteggerà."

Entrarono nella caverna in silenzio, le fiamme delle candele tremolanti che proiettavano ombre danzanti sulle pareti umide. Al centro di una vasta sala sotterranea, una massa informe di oscurità pulsava, emettendo un suono sordo.

"State attenti," avvertì Gaia. "Non lasciatevi ingannare dalle illusioni."

L'oscurità iniziò a prendere forma, trasformandosi in figure spettrali che rappresentavano le paure e i rimpianti di ciascuno. Luca vide davanti a sé l'immagine di sé stesso, solo e fallito, senza scopo. Elena vide la perdita delle persone care, il dolore della solitudine.

"Non date loro potere," gridò Marco. "Ricordate chi siete!"

Luca chiuse gli occhi, concentrandosi sull'amore che provava per Elena, sull'amicizia, sulla comunità che aveva trovato a Montenuovo. Sentì la paura dissiparsi, sostituita da una determinazione incrollabile.

Aprì gli occhi e vide che le figure spettrali si stavano dissolvendo. Gli altri stavano facendo lo stesso, affrontando e superando le proprie ombre.

"Adesso!" esclamò Gaia. "Unite le vostre luci!"

Alzarono le candele, e un fascio di luce intensa colpì la massa oscura, che emise un urlo stridente. L'oscurità iniziò a ritirarsi, risucchiata nel nulla. In pochi istanti, la caverna fu illuminata da una luce calda e rassicurante.

"Ce l'abbiamo fatta," sussurrò Elena, visibilmente sollevata.

Gaia si materializzò davanti a loro, questa volta in forma di luce pura. "Avete dimostrato ancora una volta il potere dell'unione e della purezza. Il bosco è salvo, grazie a voi."

"È stato un onore," rispose Luca.

"Ricordate sempre che la vera forza risiede nel cuore e nella connessione con gli altri. Proteggete questo legame, e le terre prospereranno."

Con queste parole, Gaia svanì, lasciando il gruppo immerso in una pace profonda.

Di ritorno al villaggio, furono accolti come eroi. Gli abitanti avevano percepito il cambiamento nell'aria, sentendo il bosco respirare nuovamente in armonia.

Organizzarono una grande festa nella piazza principale, con cibo, musica e danze. Le risate riempivano l'aria, e le preoccupazioni sembravano lontane.

Luca ed Elena si sedettero su una panchina, osservando la scena. "È incredibile pensare a tutto quello che abbiamo vissuto," disse lui.

"Sembra quasi un sogno," concordò lei. "Ma è reale, e ne facciamo parte."

"Non avrei potuto desiderare un percorso diverso."

Elena lo guardò negli occhi. "Io invece non avrei potuto desiderare una persona migliore al mio fianco."

Si baciarono sotto le stelle, mentre intorno a loro il villaggio celebrava la vita e l'armonia ritrovata.

Quella notte, mentre tutti dormivano, una figura oscura si aggirò ai margini del bosco. Un'ombra sottile, quasi impercettibile, che osservava il villaggio con occhi colmi di invidia e rancore.

"Non è finita," sussurrò, prima di svanire nell'oscurità.

Le vibrazioni dell'anima continuavano a muoversi attraverso Montenuovo, portando con sé promesse di nuove avventure e sfide. Ma con il legame che si era creato tra gli abitanti, Luca sapeva che avrebbero potuto affrontare qualsiasi cosa.

Capitolo 8: Il Custode delle Ombre

Le prime luci dell'alba rivelarono un cielo limpido, privo di nubi. Luca si svegliò con una strana sensazione, come se un peso invisibile gli premesse sul petto. Decise di uscire per una corsa mattutina, sperando che l'aria fresca potesse aiutarlo a schiarirsi le idee.

Mentre correva lungo il sentiero che costeggiava il bosco, notò che alcuni uccelli volavano in cerchi irregolari, emettendo strida inquietanti. Gli animali sembravano agitati, e il silenzio era rotto da rumori insoliti.

Si fermò per un momento, cercando di capire cosa stesse accadendo. Fu allora che vide, in lontananza, una figura incappucciata che si muoveva tra gli alberi con movimenti fluidi e innaturali.

Senza pensarci due volte, decise di seguirla. Si addentrò nel bosco, cercando di mantenere una distanza sicura ma sufficiente per non perdere di vista l'individuo misterioso.

Dopo alcuni minuti, la figura si fermò in una piccola radura. Luca si nascose dietro un albero, osservando con attenzione. L'incappucciato alzò le braccia al cielo, recitando parole in una lingua sconosciuta. Dal terreno, ombre informi iniziarono a emergere, fluttuando nell'aria come fumo nero.

"Questo non promette nulla di buono," pensò Luca, cercando di trattenere il respiro.

Improvvisamente, la figura si voltò nella sua direzione, come se avesse percepito la sua presenza. Due occhi rossi brillavano sotto il cappuccio.

"Ti stavo aspettando, Luca," disse con una voce cavernosa.

Un brivido gli percorse la schiena. "Chi sei? E come fai a conoscere il mio nome?"

L'incappucciato avanzò di qualche passo. "Sono il Custode delle Ombre, e so molte cose su di te e sul tuo villaggio. Avete interferito con i miei piani per troppo tempo."

"Non ti permetteremo di fare del male a Montenuovo," rispose Luca con determinazione.

Il Custode rise. "Tu e i tuoi amici non siete che pedine in un gioco più grande. Le forze che comando sono oltre la vostra comprensione."

Senza preavviso, le ombre fluttuanti si lanciarono verso Luca. Istintivamente, si voltò e iniziò a correre, cercando di seminare quelle presenze maligne. Il bosco, che una volta era stato un rifugio sicuro, ora sembrava trasformarsi in un labirinto ostile.

Riuscì a raggiungere il villaggio, il fiato corto e il cuore che batteva all'impazzata. Corse direttamente a casa di Elena, bussando con insistenza.

Lei aprì la porta, sorpresa dalla sua agitazione. "Luca, cosa succede?"

"Dobbiamo riunire tutti. C'è una nuova minaccia, un tale che si fa chiamare il Custode delle Ombre."

Elena non fece domande e lo fece entrare. "Chiamiamo subito Marco e gli altri."

Poco dopo, il gruppo era riunito nella sala principale della casa di Marco. Luca raccontò nei dettagli ciò che aveva visto.

"Il Custode delle Ombre..." mormorò Marco pensieroso. "Ne ho sentito parlare solo in antiche leggende. È uno spirito antico, legato alle energie oscure del sottosuolo."

"Come possiamo fermarlo?" chiese Pietro, visibilmente preoccupato.

"Dobbiamo capire quali sono i suoi obiettivi," rispose Sofia. "Se vuole distruggere il villaggio, dobbiamo agire in fretta."

Il Detective Rossi si alzò in piedi. "Propongo di organizzare delle ronde notturne. Non possiamo permettere che questa creatura si avvicini ulteriormente."

Marco annuì. "È un buon inizio. Ma servirà qualcosa di più per sconfiggerlo definitivamente."

"Possiamo chiedere aiuto ad Aurora o a Gaia?" suggerì Elena.

"Non possiamo contare sempre sul loro intervento," rispose Marco. "Dobbiamo trovare la forza dentro di noi."

"Allora iniziamo a prepararci," disse Luca. "Non abbiamo tempo da perdere."

Quella notte, il villaggio era in allerta. Piccoli gruppi pattugliavano le strade e i confini, armati di torce e amuleti protettivi. L'aria era tesa, e ogni suono sembrava amplificato.

Luca ed Elena erano di guardia vicino al ponte di legno. La luna piena illuminava il paesaggio, creando giochi di luce e ombra.

"Spero che tutto questo finisca presto," disse Elena, stringendo la mano di Luca.

"Lo spero anch'io. Ma qualsiasi cosa accada, la affronteremo insieme."

Un rumore tra i cespugli li fece sobbalzare. Si girarono, puntando le torce nella direzione del suono. Un gatto nero emerse dalla vegetazione, miagolando.

"Solo un gatto," sospirò Elena, rilassandosi.

Ma il sollievo durò poco. Alle spalle del gatto, l'ombra del Custode si materializzò, avanzando lentamente verso di loro.

"Vi avevo avvertito," disse con voce minacciosa. "Non potete sfuggirmi."

Luca si mise davanti a Elena. "Non ti permetteremo di fare del male a nessuno."

Il Custode alzò una mano, e le ombre intorno a loro si animarono, prendendo forme mostruose. "Allora preparatevi a perire."

Proprio in quel momento, Marco, Rossi e gli altri arrivarono di corsa. "Indietro!" gridò Marco, brandendo un antico bastone intagliato con simboli magici.

Il Custode sembrò esitare per un attimo. "Vedo che siete più tenaci del previsto. Ma non importa. Le ombre sono infinite."

Le creature oscure si lanciarono contro il gruppo. Una lotta frenetica ebbe inizio. Luca cercava di respingere le ombre con la torcia, ma sembravano inarrestabili.

"Abbiamo bisogno di più luce!" esclamò Sofia.

Anna, la musicista, ebbe un'idea. Prese il suo violino e iniziò a suonare una melodia vivace e potente. Le note sembravano avere un effetto sulle ombre, che rallentavano i loro movimenti.

"Continua così!" incoraggiò Pietro.

Gli abitanti del villaggio si unirono, cantando e battendo le mani al ritmo della musica. Una luce calda si diffuse nell'aria, respingendo le ombre.

Il Custode delle Ombre urlò di rabbia. "No! Non può essere!"

Marco avanzò verso di lui. "La luce e l'armonia sono più forti delle tue tenebre."

Il Custode iniziò a dissolversi, incapace di resistere all'energia collettiva del villaggio. "Questo non è che un rinvio. Tornerò..."

Con un ultimo grido, svanì nel nulla, lasciando il villaggio immerso in una calma surreale.

La folla esplose in un coro di gioia e sollievo. Rossi si avvicinò a Luca ed Elena. "Siete stati straordinari."

"È merito di tutti," rispose Luca, abbracciando Elena.

Marco si unì a loro. "Abbiamo imparato una lezione importante. La vera forza risiede nella comunità unita."

"Ma pensate che il Custode possa tornare?" chiese Elena, preoccupata.

"È possibile," ammise Marco. "Ma ora sappiamo come affrontarlo. E se restiamo uniti, non potrà farci del male."

Nei giorni seguenti, il villaggio lavorò per rafforzare le proprie difese. Organizzarono sessioni di formazione sulle antiche tradizioni, insegnando a tutti come utilizzare la musica, la luce e le energie positive per proteggersi.

Luca decise di scrivere un diario delle loro esperienze, affinché le generazioni future potessero apprendere dalle loro avventure.

Una sera, mentre il sole tramontava, si ritrovò con Elena sulla collina che dominava Montenuovo. Guardavano il villaggio illuminato dalle luci delle case, una visione di pace e serenità.

"Pensi che avremo mai un po' di tranquillità?" chiese Elena con un sorriso.

"Forse. Ma in fondo, le sfide ci hanno resi più forti."

"E ci hanno uniti."

Luca la guardò negli occhi. "Non potrei immaginare la mia vita senza di te."

"Neanche io," rispose lei, avvicinandosi per un bacio.

Le stelle brillavano nel cielo, e una leggera brezza portava con sé il profumo dei fiori notturni. Le vibrazioni dell'anima di Montenuovo erano più vive che mai, un inno alla vita e all'amore che univa ogni creatura.

Mentre si stringevano l'un l'altro, sapevano che qualunque cosa il futuro riservasse, l'avrebbero affrontata insieme, con coraggio e speranza.

Capitolo 9: L'Ultimo Sigillo

Il tempo passava, e Montenuovo prosperava. Gli abitanti avevano ritrovato una serenità che sembrava inattaccabile. Tuttavia, Luca sentiva che una nuova sfida si stava avvicinando. I suoi sogni erano popolati da simboli criptici e visioni di antiche rovine.

Una notte, sognò una scalinata di pietra che conduceva a un tempio nascosto nel cuore del bosco. Una voce sussurrava: "L'Ultimo Sigillo deve essere protetto."

Al risveglio, decise di condividere il sogno con Elena e Marco. Si riunirono nella biblioteca di Marco, cercando di interpretare il significato delle visioni.

"Potrebbe trattarsi di un luogo reale," suggerì Marco. "Ci sono leggende su un antico tempio costruito dai primi abitanti di queste terre."

"Se l'Ultimo Sigillo venisse rotto, cosa accadrebbe?" chiese Elena.

"Le barriere tra il nostro mondo e quello degli spiriti maligni cadrebbero," spiegò Marco. "Dobbiamo trovare il tempio e assicurarci che il sigillo sia intatto."

"Come facciamo a trovarlo?" domandò Luca. "Nel sogno vedevo una scalinata, ma non riconosco il luogo."

"Forse il diario di Giovanni può aiutarci," propose Elena.

Sfogliarono le pagine del vecchio diario, finché trovarono un passaggio che descriveva una scalinata nascosta tra le colline, che conduceva a un antico tempio dedicato alle forze della natura.

"È lui!" esclamò Luca. "Dobbiamo andare subito."

Organizzarono una spedizione con il solito gruppo: Luca, Elena, Marco, Sofia, Pietro e il Detective Rossi. Prepararono tutto il necessario, inclusi amuleti protettivi, torce e provviste.

Il viaggio fu lungo e faticoso. Il sentiero si faceva sempre più ripido, e la vegetazione più fitta. Dopo diverse ore di cammino, raggiunsero una zona dove gli alberi erano così alti da oscurare il cielo.

"Secondo la mappa, dovremmo essere vicini," disse Pietro, osservando una bussola.

All'improvviso, la scalinata apparve davanti a loro, nascosta tra le rocce e coperta di muschio. Salirono con cautela, sentendo un'energia crescente man mano che si avvicinavano alla sommità.

Il tempio era un edificio maestoso, nonostante i segni del tempo. Colonne di pietra scolpite con simboli antichi sorreggevano un tetto ormai in rovina. Al centro, un altare su cui era posata una pietra luminescente.

"Quello deve essere il Sigillo," disse Sofia, avvicinandosi.

Ma prima che potessero fare altro, una figura emerse dalle ombre del tempio. Era il Custode delle Ombre, più potente che mai.

"Vi aspettavo," disse con un sorriso maligno. "Grazie per avermi condotto qui."

"Come ci hai seguiti?" chiese Rossi, estraendo la sua pistola per istinto.

"Non avete ancora capito? Sono legato a voi. Ogni vostra azione mi avvicina al mio obiettivo."

Marco si frappose tra il Custode e l'altare. "Non ti permetteremo di rompere il Sigillo."

"Oh, ma è già troppo tardi." Con un gesto della mano, il Custode scagliò un'onda di energia oscura che li fece arretrare.

Luca si rialzò, determinato. "Dobbiamo fermarlo ad ogni costo."

Elena lo affiancò. "Insieme."

Gli amici formarono un cerchio intorno all'altare, unendo le mani e concentrando le loro energie positive. Sofia iniziò a recitare antiche preghiere, mentre Pietro intonava una melodia con un flauto.

La luce emanata dal Sigillo si intensificò, creando una barriera tra loro e il Custode.

"Idioti!" urlò l'entità maligna. "Non potete fermare l'inevitabile!"

Con uno sforzo immenso, il Custode scatenò tutto il suo potere, cercando di infrangere la barriera. Le ombre si avvolgevano intorno a lui, deformandosi in creature spaventose.

Luca sentì la pressione aumentare, come se il peso del mondo gravasse sulle sue spalle. Ma pensò a tutti i momenti condivisi con Elena, agli abitanti del villaggio, alla bellezza del bosco. Questo gli diede la forza per resistere.

"Non mollate!" esortò Marco. "Siamo più forti di lui!"

La luce divenne abbagliante, costringendo il Custode a indietreggiare. Con un ultimo grido di rabbia, l'entità esplose in una nuvola di fumo nero che si disperse nel vento.

Un silenzio profondo calò sul tempio. Il Sigillo brillava con una luce calda e rassicurante.

"Ce l'abbiamo fatta?" chiese Pietro, ancora incredulo.

"Sì," confermò Sofia. "Il Custode è stato sconfitto."

Elena abbracciò Luca, le lacrime agli occhi. "Ero così spaventata."

"Anch'io," ammise lui. "Ma sapevo che insieme avremmo superato anche questa prova."

Marco si avvicinò all'altare. "Il Sigillo è al sicuro, per ora. Ma dobbiamo assicurarci che resti protetto."

"Come?" chiese Rossi.

"Dobbiamo diffondere la conoscenza delle antiche tradizioni. Solo così le future generazioni potranno proteggere questo luogo."

Di ritorno a Montenuovo, furono accolti con gioia. Gli abitanti organizzarono una grande celebrazione, onorando il coraggio e la dedizione del gruppo.

Durante la festa, Luca prese la parola. "Questi eventi ci hanno mostrato l'importanza di conoscere e rispettare le nostre radici. Il bosco, il villaggio, le tradizioni: tutto è collegato. Dobbiamo impegnarci a preservare questo patrimonio."

Gli applausi furono scroscianti, e molti si offrirono volontari per imparare le antiche arti e diventare nuovi custodi.

Qualche giorno dopo, mentre passeggiavano lungo il lago, Elena propose a Luca un'idea. "E se creassimo una scuola qui a Montenuovo? Un luogo dove chiunque possa venire a imparare e a connettersi con la natura."

"È un'idea meravigliosa," rispose Luca entusiasta. "Potremmo coinvolgere Marco, Sofia e tutti gli altri."

"Immagina quante persone potremmo aiutare. E allo stesso tempo, rafforzeremmo le difese del villaggio."

Decisero di presentare il progetto al consiglio del villaggio, che accolse la proposta con entusiasmo.

Nel corso dei mesi successivi, la scuola prese forma. Persone da ogni parte del paese venivano a Montenuovo per apprendere le antiche tradizioni, immergersi nella natura e contribuire alla protezione del luogo.

Luca ed Elena lavoravano fianco a fianco, felici di vedere il loro sogno realizzarsi. La comunità era più unita che mai, e le ombre del passato sembravano ormai un lontano ricordo.

Una sera, mentre il sole tramontava dietro le colline, si ritrovarono sulla collina che dominava il villaggio. "Abbiamo fatto tanta strada," disse Elena, appoggiando la testa sulla spalla di Luca.

"Sì, e non potrei essere più felice."

"Pensi che le avventure siano finite?" chiese lei con un sorriso malizioso.

"Con noi due, dubito che ci sarà mai un momento di noia."

Risero, guardando le luci del villaggio che brillavano nella notte. Le stelle illuminavano il cielo, e una sensazione di pace li avvolse.

"Qualunque cosa accada," disse Luca, "so che insieme possiamo affrontare tutto."

Elena lo guardò negli occhi. "Ti amo."

"Anch'io ti amo."

Si baciarono, mentre una leggera brezza portava con sé il profumo dei fiori e il sussurro delle foglie. Le vibrazioni dell'anima erano forti e chiare, un eco di speranza e amore che si diffondeva attraverso Montenuovo e oltre.

Capitolo 10: Il Nuovo Inizio

La primavera era arrivata a Montenuovo, portando con sé una rinascita della natura e dello spirito. I fiori sbocciavano in una sinfonia di colori, e il canto degli uccelli riempiva l'aria. La scuola fondata da Luca ed Elena era ormai un punto di riferimento, attirando studenti e curiosi da ogni dove.

Un giorno, mentre lavoravano insieme alla manutenzione dei giardini della scuola, ricevettero una visita inaspettata. Una donna elegante, con lunghi capelli argentati e occhi penetranti, si avvicinò sorridendo.

"Buongiorno," salutò con voce melodiosa. "Mi chiamo Serena. Ho sentito parlare della vostra scuola e vorrei saperne di più."

"Siamo felici di accoglierti," rispose Elena. "Cosa ti interessa in particolare?"

"Le antiche tradizioni, la connessione con la natura... e tutto ciò che riguarda le energie del mondo."

Luca notò un bagliore familiare negli occhi di Serena. "C'è qualcosa di speciale in te," disse senza pensarci.

Serena sorrise enigmaticamente. "Diciamo che ho un certo legame con queste terre."

Nei giorni successivi, Serena partecipò attivamente alle attività della scuola, dimostrando una conoscenza approfondita delle materie trattate. Gli studenti erano affascinati da lei, e anche Luca ed Elena iniziarono a fidarsi.

Un pomeriggio, mentre erano seduti sotto un albero secolare, Serena decise di rivelare la sua vera identità. "Credo sia giunto il momento di dirvi la verità. Io sono una manifestazione di Gaia, lo spirito ancestrale del bosco."

Luca ed Elena si guardarono, sorpresi ma non increduli. "Lo sospettavamo," ammise Elena. "La tua presenza è diversa."

"Ho deciso di assumere questa forma per vivere tra voi e comprendere meglio il vostro mondo."

"Per quale motivo?" chiese Luca.

"Perché un nuovo pericolo si avvicina, ma questa volta non proviene da entità oscure, bensì dagli uomini stessi."

"Che cosa intendi dire?" chiese Elena, preoccupata.

"Ci sono piani per costruire una grande strada che attraverserà il bosco, distruggendo parte di esso e mettendo a rischio l'equilibrio che avete faticosamente mantenuto."

Luca sentì una fitta al cuore. "Non possiamo permettere che accada."

"Dobbiamo mobilitare il villaggio e fare tutto il possibile per fermare questo progetto," disse Elena con determinazione.

Convocarono un'assemblea straordinaria, coinvolgendo tutti gli abitanti di Montenuovo e gli studenti della scuola. Rossi, ormai amico fidato e sostenitore delle loro cause, prese la parola.

"Ho ricevuto conferma che la società costruttrice ha ottenuto i permessi necessari. Ma se possiamo dimostrare che il bosco ha un valore inestimabile dal punto di vista ambientale e culturale, potremmo riuscire a fermare i lavori."

Marco aggiunse: "Dobbiamo raccogliere prove, organizzare petizioni, coinvolgere i media. È una battaglia diversa dalle precedenti, ma altrettanto importante."

Gli abitanti si dimostrarono uniti e determinati. Si formarono gruppi di lavoro per coordinare le diverse attività: raccolta firme, campagne di sensibilizzazione, eventi pubblici.

Luca ed Elena si impegnarono a fondo, utilizzando le loro competenze e la rete di contatti creata attraverso la scuola. Organizzarono una grande manifestazione, invitando esperti ambientali, giornalisti e personalità influenti.

La giornata dell'evento fu un successo. Centinaia di persone si riunirono nel villaggio, ascoltando testimonianze, partecipando a workshop e visitando il bosco. Le storie delle antiche tradizioni e delle sfide affrontate da Montenuovo toccarono il cuore di molti.

Serena, nel suo ruolo di Gaia, tenne un discorso appassionato. "Questo luogo non è solo un insieme di alberi e pietre. È un santuario di vita, cultura e spirito. Distruggerlo significherebbe perdere una parte di noi stessi."

Le sue parole risuonarono profonde, e molti furono ispirati ad agire.

Nei giorni seguenti, la campagna prese slancio. Articoli di giornale, servizi televisivi e una crescente attenzione pubblica misero pressione sulle autorità e sulla società costruttrice.

Alla fine, giunse la notizia tanto attesa: il progetto era stato sospeso in attesa di ulteriori valutazioni ambientali. La gioia a Montenuovo fu incontenibile.

"È una vittoria importante," disse Rossi durante una celebrazione spontanea nella piazza del villaggio. "Avete dimostrato che l'unione e la determinazione possono fare la differenza."

"Ma dobbiamo restare vigili," avvertì Marco. "La battaglia non è ancora finita."

Serena si avvicinò a Luca ed Elena durante la festa. "Sono orgogliosa di voi. Avete protetto il bosco con il cuore e con l'azione."

"Non avremmo potuto farlo senza il supporto di tutti," rispose Elena.

"Il vostro esempio sarà fonte di ispirazione per molte altre comunità," aggiunse Serena.

"Resterai con noi?" chiese Luca.

"Per un po'. Ma il mio compito qui è quasi terminato. Il mondo ha bisogno di custodi come voi."

Con il passare del tempo, Montenuovo divenne un simbolo di resistenza pacifica e di amore per la natura. La scuola si espanse, accogliendo studenti internazionali e sviluppando nuovi programmi.

Luca ed Elena si sposarono in una cerimonia semplice ma toccante, circondati da amici, familiari e la natura che tanto amavano. Durante la cerimonia, un leggero vento accarezzò i presenti, e una pioggia di petali cadde dal cielo, come una benedizione di Gaia.

Serena si avvicinò agli sposi. "Il vostro amore è la più grande forza che possiate avere. Proteggetelo sempre."

"Grazie per tutto ciò che hai fatto per noi," disse Luca.

"Il mio cammino mi porta altrove ora, ma sarò sempre con voi nel cuore del bosco."

Con un ultimo sorriso, Serena si allontanò, svanendo tra gli alberi.

Anni dopo, seduti sulla stessa collina che tanto amavano, Luca ed Elena osservavano i loro figli giocare nei prati. Il villaggio prosperava, e il bosco era più vivo che mai.

"Non avrei mai immaginato che la mia vita potesse essere così piena," disse Luca, abbracciando Elena.

"Abbiamo vissuto avventure incredibili, e il meglio deve ancora venire," rispose lei.

"Credi che i nostri figli vivranno le stesse esperienze?"

"Forse. Ma avranno anche le proprie storie da raccontare. E noi saremo qui per guidarli."

Le vibrazioni dell'anima di Montenuovo continuavano a risuonare, unendo passato, presente e futuro in un'armonia perfetta. Il villaggio era diventato un faro di speranza e un esempio di come l'amore, la determinazione e la connessione con la natura potessero cambiare il mondo.

Mentre il sole tramontava, tingendo il cielo di sfumature dorate, Luca ed Elena sapevano che, qualunque cosa il futuro riservasse, l'avrebbero affrontata insieme, con il cuore colmo di gratitudine e speranza.

Conclusione

"Ombre nel Bosco" ci ha condotto attraverso un viaggio oscuro e avvincente, svelando lentamente i segreti nascosti tra gli alberi antichi e le case isolate di Montenuovo. Attraverso gli occhi di Luca, abbiamo esplorato non solo i misteri sovrannaturali che infestano il villaggio, ma anche le profondità della paura, del coraggio e della resilienza umana.

La lotta di Luca ed Elena contro l'assassino e le forze oscure del bosco ha messo in luce temi universali come la fiducia, l'amore e la necessità di affrontare i propri demoni interiori. Il loro percorso ha mostrato come l'unione e la determinazione possano superare anche le avversità più terrificanti.

Alla fine, il soprannaturale non è solo un elemento di terrore, ma anche un mezzo attraverso il quale i personaggi scoprono la verità su sé stessi e sul mondo che li circonda. La sconfitta dell'assassino, reso possibile dall'intervento delle forze misteriose del bosco, simboleggia la vittoria della luce sull'oscurità e della speranza sulla disperazione.

"Ombre nel Bosco" non è solo una storia di suspense e brividi, ma anche una riflessione sulla complessità dell'animo umano e sul legame profondo che abbiamo con la natura e con le leggende che la popolano. Il villaggio di Montenuovo e i suoi abitanti rimarranno impressi nella memoria come un richiamo all'importanza di ascoltare gli antichi sussurri della terra e di non sottovalutare mai il potere dell'ignoto.

Mentre chiudiamo questo libro, portiamo con noi le emozioni vissute, le paure superate e le lezioni apprese. Le ombre nel bosco continueranno a esistere, ma ora sappiamo che con coraggio e unità possiamo affrontarle. Che questa storia sia un monito a non distogliere lo sguardo dall'oscurità, ma a illuminare i suoi recessi più profondi con la luce della verità.

Biografia dell'Autore

Augusto Casella è un appassionato narratore che da sempre è affascinato dal mistero e dal soprannaturale. Cresciuto tra le pagine dei grandi classici del thriller e dei romanzi gotici, ha sviluppato fin da giovane una profonda curiosità per le storie che esplorano il sottile confine tra realtà e ignoto.

La sua scrittura riflette queste influenze, intrecciando atmosfere cariche di suspense con elementi soprannaturali che sfidano le percezioni del lettore. Nei suoi racconti, il terrore non deriva solo dall'ignoto, ma anche dalle ombre nascoste nell'animo umano e dai segreti sepolti in luoghi remoti. Con una prosa evocativa, trasporta i lettori in mondi dove il quotidiano si mescola con l'inspiegabile, lasciandoli in bilico tra paura e meraviglia.

"Ombre nel Bosco" è il suo romanzo più recente, un'opera che incarna la sua passione per le storie ricche di tensione e mistero. Ispirato dai grandi maestri del genere, Casella riesce a creare una narrazione avvincente che tiene il lettore con il fiato sospeso fino all'ultima pagina.

Quando non è impegnato nella scrittura, ama esplorare boschi antichi e villaggi dimenticati, lasciando che le atmosfere e le leggende locali alimentino la sua immaginazione. Vive a [aggiungi dove vivi o un dettaglio personale significativo] e continua a dedicarsi alla scrittura, lavorando a nuove storie che spingono i confini della paura e dell'ignoto sempre più in là.